KB153168

도전하는 청소년을 위한
꿈꾸는 천재

너 안에 숨어 있는
'위대해지려는 본능'을 깨워라!

도전하는 청소년을 위한

꿈꾸는 천재

| 황상규 지음 |

스마트주니어

머리말

대한민국 모든 청소년이
'꿈꾸는 천재'가 되길 바라며

벌써 10년이 지난 일이지만 IMF는 내 인생에 많은 변화를 주었다. 그때까지 나는 지혜를 가르치는 철학을 공부하고 있었지만, 집은 송두리째 날아가고 우리 식구는 완전히 파산직전까지 내몰렸다. 한 가정의 위기였다. 그때는 너무나 큰 충격에 빠져 어떻게 살아야 할지 막막하기만 하였다. 이것저것 해보았지만 그럴수록 더 큰 수렁에 빠져들었다. 더 이상 회생의 기미가 보이지 않았다. 단돈 1,000원이 없어 먼 길을 걸어가야 했다.

그러다 친구의 권유로 논술을 가르치기 시작하면서 내 인생에 서서히 생기가 돌기 시작하였다. 마땅한 논술 교재가 없는 상황에서 학생들을 가르치기 위해 글을 쓰기 시작하였고, 열심히 가르친 덕택에 학생들과 학부모들로부터 인정을 받기 시작하면서 잃어버렸던 자신감과 함께 경제적인 여유로움도 생겼다.

나는 이런 과정을 겪으면서 서서히 인생의 지혜가 얼마나 중요한가를 깨닫게 되었다. 지혜를 가르치는 철학을 공부했지만 그때까지 나의 철학은 관념적인 수준이었다. 그래서 나의 철학은 현실을 살아가는데 길잡이 역할을 하지 못했고 IMF라는 파고를 넘지 못했던 것이다.

그러나 긴 고난의 통로를 뚫고 오면서 나는 인생의 깊은 곳을 들여다보게 되었다. 그리고 지난날 내가 무엇을 잘못했는지를 성찰할 수 있었고, 어두운 터널을 빠져 나갈 수 있는 지혜를 얻을 수 있었다.

나는 이 책에 어두운 터널을 뚫고 나오며 깨달았던 것을 적어 놓았다. 나처럼 큰 낭패를 겪지 않고서도 인간이 크게 될 수 있는 방법을 깨달았던 것이다. 그것을 좀 더 설득력 있고 생생하게 설명하기 위해 역사적 인물들의 위대한 삶과 철학자의 생각을 입체적으로 결합하였다. 이러한 결합을 통해 어떻게 하면 위대한 인간이 될 수 있는가를 보여주려 하였다.

특히 청소년기는 인생의 설계가 필요한 중요한 시점이다. 그때 인생을 어떻게 설계하느냐에 따라 앞으로의 인생이 완전히 달라질 수 있다. 나는 이 책을 통해 커나가는 청소년들이 어떻게 인생을 설계하여 '꿈꾸는 천재'로 태어날 수 있는지 그 길을 제시하고자 하였다.

이 책에 소개된 수많은 천재들은 자신이 아프게 깨달은 경험 속에서, 자신만의 행동철학을 만들었다. 또한 그들은 그 원칙을 지키기 위해서 수없이 외로웠던 사람들이다. 나는 그 외로움을 견디고 꿈을 현실로 만든 천재들의 지혜를 가능한 한 모든 곳에서 구하려 노력하였다. 위대해지려는 본능을 깨우는 법, 끼 있는 일을 찾는 법, 멋진 인생을 만드는 자신감과 솜씨 있는 지혜를 얻는 법 등을 완전히 파악하기 위해서였다.

이 책에 실린 천재들의 행동철학이 모든 상황에 적용될 수 있다 거나, 모든 청소년들에게 같은 의미를 지닌다는 말은 아니다. 다만 상황이 허락하는 한 유익하고 유용한 조언이면 무엇이든 받아들일 수 있는 열린 마음과 다양성을 추구하는 자세로 이 책을 읽었으면 한다.

아무쪼록 수많은 상황에 처한 청소년들이 이 책을 통해 폭넓은 사고와 견해를 만나 생각의 폭이 한층 확장되고, 자신의 목표를 달 성할 수 있도록 많은 도움을 받았으면 한다.

대한민국 청소년 모두가 '꿈꾸는 천재'가 되길 다시 한 번 간절 히 희망한다.

황상규

꿈꾸는 천재들의 '8가지 행동철학!'

꿈꾸는 '천재'

끼 있는 '일'

멋진 인생을 만드는 '자신감'

솜씨 있는 '지혜'

고마운 '실패'

기다림의 열매, '때'

사람을 모으는 기술, '덕'

부드러움이 이긴다, '중용'

차례

머리말 대한민국 모든 청소년이 '꿈꾸는 천재' 가 되길 바라며 • 4

글을 시작하며

위대해지려는 본능 • 14

적당히 살려는 것은 본능을 억압한다 • 17

꿈꾸는 '천재'

꿈을 꾼 천재들 • 22

진나라 이사의 꿈 • 24

큰 꿈을 가져야 하는 첫 번째 이유 • 25

큰 꿈을 가져야 하는 두 번째 이유 • 27

큰 꿈을 가져야 하는 세 번째 이유 • 30

성녀 테레사와 성자 슈바이처의 꿈 • 32

꿈을 가진 사람과 꿈이 없는 사람과의 차이 • 34

끝까지 목적을 지켜라 • 36

끼 있는 '일'

하버드 법대를 중퇴한 빌 게이츠 • 43

거대 철강 회사를 포기한 비트겐슈타인 • 45

학교에서 쫓겨난 에디슨 • 48

끼는 다양하다 • 49

재능에 따라 길을 가라 • 51

인간관계를 활용하는 카네기 능력 • 54

다른 사람과 대화하여 자화상을 그려라 • 55

돈으로 직업을 선택하지 마라 • 57

재능은 힘과 열정으로 • 60

멋진 인생을 만드는 '자신감'

먼저 자신을 믿어라 • 63

자신감을 강조한 링컨 • 64

자만심이 아닌 자신감을 가져라 • 66

시련은 있어도 실패는 없다는 정주영 • 67

자신감 하나로 세계를 정복한 칭기즈 칸 • 69

자신감은 어디에서 오는가 • 72

자식들을 감싸고도는 부모들 • 74

자신을 이겨라 • 77

솜씨 있는 '지혜'

어리석으면 불행해지는 이유 •80

독서광 워렌 버핏 •87

인문학이 외면 받는 이유 •89

지혜롭기 위해서는 경험이 따라야 한다 •91

햄릿보다 돈키호테가 되라 •98

기존의 사고를 깨기 어려운 이유 •102

고마운 '실패'

이 세상 모든 성공은 실패를 딛고 일어섰다 •112

나폴레옹과 히틀러가 망한 이유 •117

실패에는 반드시 조짐이 있다 •120

역경을 기회로 만든 사람들 •122

역경은 심신을 단련시키는 용광로 •128

큰일을 하려면 반드시 용기가 필요하다 •134

기다림의 열매, '때'

이순신이 연전연승한 비결 • 137

천하를 낚은 강태공 • 138

58세에 명성을 얻은 세르반테스 • 141

천리 길도 한걸음부터, 세심하고 꼼꼼하게 • 143

당 현종이 실패한 이유 • 144

끝까지 긴장감을 늦추지 않은 당 태종 • 147

오만하지 말고 겸손하게 상대방을 칭찬하라 • 150

존칭보다 이름을 불러 주는 것을 좋아한 칭기즈 칸 • 157

선비는 자신을 알아주는 사람을 위해 죽는다 • 160

사람을 모으는 기술, '덕'

도둑까지 식객으로 맞이한 맹산군 • 165

인재를 적재적소에 배치한 유방 • 167

문경의 교우를 맺은 인상여와 염파 • 169

골육상쟁으로 패망한 원소의 아들들 • 171

손자에게 원한을 사 고슴도치가 된 방연 • 173

사람의 이름을 일일이 불러준 저우언라이 • 176

술수를 술수로 복수한 성선회 • 177

사자의 힘과 여우의 지혜를 가지라는 마키아벨리 • 181

덕으로 일국의 황제가 된 유비 • 182

병사의 고름을 빨아준 오자 • 185

연못을 만들어 난교 파티를 한 은나라 주왕 • 187

민심이 천심임을 강조한 당 태종 • 189

부드러움이 이긴다, '중용'

자신이 만든 법 때문에 가족까지 몰살당한 상앙 • 193

진나라가 망한 근본적 이유 • 196

중용의 의미 • 197

법 3장으로 민심을 얻은 유방 • 198

간음한 여자를 용서한 예수 • 200

유연한 곡선 사고를 하라는 손자 • 202

원칙주의자 칸트 • 203

유연성을 강조한 맹자 • 206

글을 마치며

욕망이 지나치면 불행해진다 • 208

실패해도 다시 일어서면 그것이 성공이다 • 211

인간은 욕구는 크게 두 가지로 나눠 볼 수 있다. 하나는 생물학적 본능으로 식욕과 성욕이 있다. 맛있는 음식을 섭취하여 개체를 유지하고, 사랑을 통해 종족 보존이라는 지상명령을 수행한다. 그런데 인간에게는 이러한 생물학적 본능만 있는 게 아니다. 인간에게는 생물학적 욕구 충족을 뛰어넘어 남보다 더 높이, 더 멀리 날려는 '위대해지려는 본능'이 꿈틀대고 있다.

위대해지려는 본능

철학자 니체는 이것을 '권력에의 의지'라 했다. 그는 사람들이 저마다 '권력에의 의지'가 있기 때문에 누구나 어떤 고통과 난관을 넘어서 위대해지려는 초인적 열망이 숨어 있다고 한다. 니체는 이런 본능이야말로 본능 중에서도 가장 강력한 본능이라고 못 박는다. 그래서 니체는 모든 사람들은 '권력에의 의지'의 지배를 받고 산다고 증언한다. 그는 선이란 '권력에의 의지' 뿐이라고 말한다.

"그것은 권력에의 느낌을 높이는 모든 것, 권력을 향한 의지, 인간 내부의 힘 자체다. 그럼 나쁜 것은 무엇인가? 그것은 나약함 때문에 발생하는 모든 것이다."

그런데 '권력에의 의지'는 다른 사람으로부터 인정받고 싶은 강한 본능과 긴밀히 연결되어 있다. 인간은 사회적 동물이기 때문에

TIPS

니체 |1844~1900

니체는 19세기 독일 철학자로 개신교 목사 아들로 태어났다. 그는 어린 시절 소목사로 불리기도 했다. 그러나 대학에 들어가 신학과 고전문학을 연구하면서 신학을 포기하였다. 그리고 그는 철학에 심취하였다.

특히 그는 생철학자 쇼펜하우어의 영향을 받고 생철학의 계보를 이어간다. 그는 인간의 본질을 쇼펜하우어의 '맹목적 삶의 의지' 대신 '권력에의 의지'로 보았다. 그래서 그는 "신이 죽었다."라고 부르짖는다. 그는 신이 죽었기 때문에 인간의 모든 문제는 인간 스스로 해결해야 한다고 생각하였다. 죽음의 문제조차 신에 의지하지 말고 스스로 해결해야 한다는 것이다. 그에게는 신에게 의지하는 것과 사랑을 구걸하는 것은 인간의 나약함을 드러내는 것이다. 나약하기 때문에 "사랑하라."고 외친다. 하지만 강한 사람은 아무리 힘들어도 구걸하지 않고 스스로 문제를 해결해나간다.

더욱이 인간에게는 '권력에의 의지'가 있다. 그 의지를 통해 스스로 모든 고통과 고난을 이겨내야 한다. 어떤 어려움이 와도 그것을 스스로 극복하는 인간이 진정한 삶의 주인이라고 니체는 말한다.

위대해시려는 본능은 나른 사람으로부터 인정받으려는 본능으로 나타난다는 것이다. 최고를 향해 달리는 이유는 가깝게는 친척이나 친구에서부터 멀게는 자신이 잘 모르는 사람들에게까지 인정받고자 하는 열망이 있기 때문이다.

데일 카네기는 이것을 '자기 중요성의 욕구' 라고 하며 다음과 같이 말한다.

"영국의 소설가 디킨스에게 위대한 소설을 쓰게 한 것도, 18세기 영국의 유명 건축가 크리스토퍼 렌 경에게 불후의 걸작을 남기게 한 것도, 또 록펠러에게 평생 실컷 쓰고도 남을 만큼의 부를 쌓게 한 것도, 자기의 중요성에 대한 욕구였다. 부자가 필요 이상으로 거대한 저택을 소유하는 것도 역시 이 때문이다. 최신 유행 스타일로 몸을 치장하거나 새 자동차를 뽑아 으스대는 것, 그리고 자식 자랑을 하는 것도 모두 이 욕구 때문이며, 수많은 청소년들이 악의 수렁으로 빠져드는 것도 이 욕구 때문이다."

사람이 행복하려고 한다면 생물학적 욕구를 넘어서 이런 욕구가 충족되어야 한다. 생물학적 욕구만 충족되었을 때 사람들은 행복해 하지 않는다. 잘 먹고 잘 살지만 다른 사람들로부터 인정을 받지 못하면 그는 스스로 소외감을 느껴 불행을 떨쳐버리기가 어렵다. 그래서 인간이 행복해지기 위해서는 생물학적 욕구뿐만 아니라 위대해지려는 본능을 깨우친 다른 사람들로부터 인정받는 사람이 되어야 한다.

케네디가의 경우도 명문 가문답게 위대한 본능에 충실하였다. 케네디가의 가정교육에서 가장 중요한 것은 "1등을 하라. 2등부터는 실패다!"라는 가르침이다. 이것은 위대해지려는 본능에 충실한 사람만이 케네디가의 구성원이 될 수 있고, 그렇지 않으면 케네디가의 구성원이 될 수 없다는 것이다. 이처럼 성공한 사람들은 대부분 위대해지려는 본능, 이것을 일찍이 깨우친 사람들이다.

적당히 살려는 것은 본능을 억압한다

그런데 이 위대해지려는 본능을 깨우치기가 결코 간단하지 않다. 세계화의 덫에 걸려 경쟁은 하루가 다르게 치열해지고 있다. 그 때문에 인간생활의 가장 기본적인 단계인 먹고사는 문제도 생각보다 녹록치 않다. 경쟁에서 밀리는 날에는 생계마저 위협을 받게 된다. 열심히 노력하지 않고 적당히 살려는 것은 이런 위험에 적나라하게 노출되는 것이다. '적당히'라는 말은 경쟁을 피하는 의미가 담겨 있고 경쟁 사회에서 경쟁을 피하는 것은 패배를 의미하기 때문이다.

이런 험난한 세상에서 더 높이 더 멀리 날려는 '갈매기의 꿈'을 갖는 것은 더욱 힘든 길을 의미한다. 위대해지려면 그만큼 많은 경쟁자들을 물리쳐야 하기 때문이다. 그래서 대부분의 사람들은 더 높이 날려는 엄두는 내지 않고 현실에 안주하려는 성향이 강해졌다.

물론 이런 현실은 성인들에게만 국한된 것이 아니다. 이 시대를 살아가는 청소년들에게도 당장 눈앞에 닥친 어려움이 많다.

심리학자 매슬로우가 말한 것처럼, 인간은 본래부터 안주하려는 경향이 강하다. 사서 고생하거나 새로운 길을 모험하고 싶은 생각이 그리 많지 않은 것이다. 더욱이 세상이 불안하면 할수록 사람들의 안전성에 대한 갈망은 더욱 강해진다. 가장 선호하는 직업이 철밥통이라 불리는 공무원이나 교사라는 것이 이것을 단적으로 보여준다. 그래서 대다수 사람들은 자신의 꿈과 능력을 화려하게 수놓기보다는 사회에서 도태되지 않고 안정된 직장에서 편안하게 안주하며 살고자 한다.

TIPS

매슬로우 1907~1970

미국 뉴욕에서 유대인으로 태어났다. 어린 시절 매슬로우는 유대인에 대한 좋지 않은 편견과 신체적 외모로 인해 놀림을 받으며 외로이 성장하였다. 매슬로우는 부모의 뜻에 따라 법학을 공부하다가 일 년 만에 그만두고 심리학을 공부하였다. 공부하면서 20세에 결혼하였는데 그 결혼으로 인해 매슬로우는 인생의 방향을 잡게 되었다.

그는 5단계 욕구 이론으로 유명하다. 매슬로우가 주장하는 5가지 단계 이론의 첫 번째는 식욕, 성욕, 수면 등 생리적 욕구를 말한다. 이 생리적 욕구가 충족되면 안정성 욕구라는 2단계로 넘어간다. 다시 안정성 욕구가 충족되면 인간관계나 우정이라는 3단계 욕구를 생각한다. 이것이 충족되면 타인으로부터 인정받으려는 4단계 욕구가 일어난다. 그리고 이 욕구가 충족되면 자아실현을 이루려는 마지막 욕구가 생겨난다.

그는 하위 욕구는 생존에 필요한 욕구로 작용하지만 상위 욕구는 성장에 필요한 욕구로 작용하는 경우가 많다고 하였다.

이런 사람은 겉으로는 행복하게 보일지 모르지만 속으로는 스스로의 욕망을 저버린 사람이다. 이런 사람은 안정된 생활은 할지 모르지만 힘도 패기도 없는 핏기 없는 삶을 산다. 그리고 자신의 본능을 떨쳐버리기 위해 향락이나 쾌락을 쫓는 은밀한 습성이 있다. 위대해지려는 본능 대신 쾌락과 향락으로 보상 받으려 하는 것이다.

그러나 '육체적 쾌락의 역리'를 주장한 에피쿠로스의 말처럼, 쾌락과 향락을 쫓는 생활은 인간을 행복하게 하는 것이 아니다. 육체적 쾌락은 많은 비용을 감당해야 하고 그것을 얻기 위해 창조적이고 위대해지려는 본능을 희생해야 하기 때문이다.

그래서 쾌락과 향락 추구는 에피쿠로스가 말한 것처럼 인간을 행복하게 하기보다는 불행하게 할 가능성이 높다. 인간이 행복해지기 위해서는 쾌락이 위대해지려는 본능을 방해해서는 안 된다. 오히려 영혼에 휴식을 주어 '위대해지려는 본능'에 충실할 수 있도록 향락과 쾌락을 평상시에 잘 조절해야 한다. 그래서 위대해지려는 열망을 가진 다른 사람으로부터 인정받는 행복한 사람이 되어야 한다.

특히 이제 인생을 막 설계하기 시작한 청소년들에게 쾌락의 유혹은 떨쳐버리기 어려운 문제이다. 그래서 청소년 시기에 쾌락의 유혹을 떨쳐버릴 수 있는 꿈과 위대해지려는 본능의 깨우침이 절실히 필요한 것이다.

무한 경쟁 시대에 '위대해지려는 본능'을 만족시키려는 것은 보통의 노력과 인내를 요구하는 작업이 아니다. 청소년 시절부터 계획적인 노력이 없이는 불가능하다. 갈수록 전문화되고 있는 사회

에피쿠로스 BC 341~270

그는 사모섬에서 출생하였다. 35세 전후에 아테네에서 학원을 열고 이름을 '에피쿠로스 학원'이라 하였다. 그는 부녀자와 노예에게도 학원을 다닐 수 있게 문호를 개방하였고 제자들은 각자 형편에 맞는 기부금을 내고 학원에서 공부하게 하였다. 그는 정신적 쾌락을 강조한 것처럼 우정을 중시하여 함께 우정에 넘치는 공동생활을 영위하면서 문란하지 않은 생활(아타락시아) 실현에 노력하였다.

그는 겉으로는 쾌락주의를 주장하고 있지만 육체적 쾌락의 역리를 주장한다. 인간의 욕망은 무한하므로 육체적 쾌락은 만족시킬 수 없다. 그래서 육체적인 것을 추구하다 보면 성취할 수 없어 스스로 불행해진다. 그래서 그는 그것으로부터 고통을 받지 않는 평온한 상태인 아타락시아를 추구할 것을 강조하였다.

그는 "나는 빵과 물로 살 때, 몸에서는 쾌락이 충만해진다. 내가 사치스러운 쾌락에 대해서 침을 뱉는 것은 그 쾌락 자체가 나빠서가 아니라, 그런 쾌락이 따라 다니는 불편한 것 때문이다."라고 말한다. 그래서 그들은 절제하면서도 검소한 생활을 했고 철학이라는 학문을 통해서 정신적 만족을 느끼며 살았다. 에피쿠로스는 후진 양성을 하면서 철학을 하는 즐거움에 매혹되어 평생을 독신으로 산 역설적인 인물이다.

에서 무계획적으로 대충대충 사는 것은 실패의 나락으로 떨어질 공산이 크다.

위대한 인물들 중에는 가난하여 제대로 공부하지 못한 사람도 상당히 많다. 그들 중에는 사람 다루는 기술이 탁월하여 천하의 주인이 된 사람도 있고, 그만의 처세술로 세상에서 가장 돈을 많이

번 사람도 있다. 또한 자신만의 독특한 아이디어로 새로운 학문의
세계나 예술 세계를 연 사람도 있다. 그들은 그들 나름대로의 인생
관을 통해 세상을 움직인 위대한 인물이 되었던 것이다.

그런데 이러한 인물들이 거저 위대해진 것은 아니다. 그들은 생
사의 갈림길에서도 '위대해지려는 본능'에 충실하면서 보통 사람
들이 가지지 못한 나름대로의 준칙들에 따라 움직였다. 이런 준칙
들에 충실하면서 그들은 역사를 빛낸 위대한 인물들로 탄생한 것
이다.

우리가 '위대해지려는 본능'에 충실하려면 역사적인 인물들이
어떻게 살아왔는지 연구할 필요가 있다. 그들이 걸었던 길을 음미
하고 자신을 반성하여 그들이 걸었던 길을 따라 제대로 간다면, 우
리 또한 위대한 탄생을 할 수 있을 것이다.

그럼 역사 속의 인물들이 어떻게 살았고 어떻게 위대한 탄생을
했는지 알아보고 우리 스스로 '위대한 탄생'을 실천해보도록 하자.

꿈꾸는 '천재'

꿈을 꾼 천재들

요즘 학생들의 꿈은 매우 현실적이라는 생각이 든다. 많은 학생들이 좋은 대학을 나와 안정된 공무원, 교사, 봉급이 많은 대기업에 취직하기를 희망하거나, 아니면 돈을 잘 벌 수 있는 의사, 변호사와 같은 전문직 종사자가 되기를 희망한다. 오늘날 학부모와 학생들은 너나 할 것 없이 경제적으로 안정된 직업을 가지고 안락하게 살기를 희망하는 것이다.

경제가 어려우니 어쩌면 이런 현상이 당연한 것인지도 모른다. 당장 먹고살기도 힘든 판에 무슨 꿈이냐고 반박할 수도 있다. 하지만 멀리 보고 높이 나는 새가 먹이를 쉽게 찾을 수 있는 법이다.

성서에서는 "막대기만큼 바라면 바늘만큼 이루어진다."라고 했고 중국 속담에도 "높은 것을 얻으려는 사람은 중간 것을 얻고 중간 것을 얻으려는 사람은 낮은 것을 얻고, 낮은 것을 얻으려는 사람은 아무것도 얻지 못한다."고 하였다. 큰 꿈을 꾸어도 실제로는 꿈보다 작게 이루어지는 게 현실이다. 그래서 꿈은 클수록 좋다. 꿈이 크면 그만큼 크게 될 수 있는 확률이 있지만 꿈이 없으면 아무것도 이루지 못한다.

꿈은 인생의 활력이고 희망이다. 꿈이 있는 사람은 매사에 긍정적이고 얼굴이 밝아 다른 사람을 기쁘게 할 뿐만 아니라, 희망이 있어 절대로 인생을 스스로 포기하지 않는다.

반면에 꿈이 없는 사람은 매사에 부정적이어서 조금만 힘들어도 고통을 참아내지 못하고 인생을 쉽게 포기하려 한다. 그래서 꿈을 갖고 사는 것은 인생을 사는 데 있어서 크나큰 이득이 된다.

나라 없는 서러움을 받은 유대인이 온갖 고난 속에서도 역사에 남을 훌륭한 인물을 가장 많이 배출한 것은 유대인들 스스로가 '꿈을 꾸는 천재'였기 때문이다. 전 미국 대통령 루스벨트, 발명왕 에디슨, 과학자 아인슈타인, 배우 채플린, 철학자 마르크스와 비트겐슈타인, 화가 피카소, 심리학자 프로이트, 영화감독 스필버그, 언론인 퓰리처, 음악가 멘델스존 등 다양한 분야에서 역사적으로 두각을 나타낸 위인들은 모두 꿈꾸는 천재들이었다.

그들은 타국에서 유대인이라는 딱지를 달고 온갖 박해를 받으면서도 결코 희망을 버리지 않았다. 그들을 박해하면 할수록 그들은 더욱 희망의 불씨를 키웠다. 그래서 그들은 나라를 잃은 지 2000년이 지났음에도 불구하고 다시 나라를 찾을 수 있었다. 이러한 승리는 그들이 꿈과 희망을 끝까지 버리지 않았기 때문이다.

물론 우리가 어린 시절 무조건 대통령이 되려고 했던 것처럼 전혀 현실성이 없는 꿈을 꾸는 것은 올바르다고 할 수 없다. 실현이 불가능한 꿈은 우리의 정열과 힘만 낭비한다.

그렇지만 자신의 능력을 고려한 꿈은, 크면 클수록 미래의 등불이 되어 그 사람의 가능성을 크게 만든다. 설령 그 꿈이 완전히 실현되지 않아도 큰 꿈을 가진 사람은 작은 꿈을 가진 사람보다 잘되게 되어 있다. 큰 꿈을 가진 사람은 인생 전반을 통해 끊임없이 노력하기 때문이다. 반면에 꿈이 작은 사람은 꿈을 쉽게 이루기 때문에 편안한 생활에 젖어 더 이상 노력하지 않는다. 그래서 이런 사람이 크게 된다는 것은 사실상 불가능하다.

진나라 이사의 꿈

진나라가 천하를 통일하는데 기여하여 재상이 된 이사를 보자.

원래 이사는 초나라 사람이었고 자신의 나라에서는 하급 관리로 있었다. 그 무렵 그는 관청의 화장실에 사는 쥐와 창고에 사는 쥐를 종종 보았다. 뒷간에 사는 쥐는 먹을 것이 궁핍하여 똥을 먹고 살지만 창고에 사는 쥐는 풍부한 먹을거리를 마음껏 먹고 살았다.

이사는 그 쥐들의 모습을 보고 다음과 같이 탄식하였다.

"결국 자신이 어디에 있느냐에 따라 그 사람의 가치가 결정된다."

그는 이런 자신의 꿈을 실현하기 위해 훌륭한 스승을 찾아 다시 공부를 시작하였다. 공부를 마친 그는 어느 나라에 가서 일해야 할까 고민하다가 진나라를 택하였다. 그는 이렇게 생각했다.

'초나라 왕은 별 볼 일 없는 인물이다. 아무리 생각해도 그를 찾아가고 싶진 않다. 더욱이 힘이 약한 나라는 이름을 떨치기 어렵다. 서쪽의 진나라에 가서 일하는 게 좋겠다.'

그 당시 진나라는 전국 최강이었다. 그는 결심이 서자, 진시황을 도와 진나라가 통일왕국을 이루는데 기여하며 일약 통일왕국의 재상이 되었다.

큰 꿈을 가져야 하는 첫 번째 이유

왜 뚜렷한 목적이 있어야 성공할 수 있는가?

첫째, 큰 목적이 있으면 자신의 능력을 한 곳으로 집중할 수 있다. 반면에 뚜렷한 목적이 없으면 방황하면서 시간을 낭비하고 다른 곳으로 자신의 능력을 소진시킨다.

중국의 '한'을 세운 유방이 젊은 시절, 왜 건달처럼 술과 여자를 밝히고 살았는가? 무엇을 해야 할지 몰랐기 때문이다. 그의 집안은 농사를 짓고 살았다. 그런데 그 일은 큰 야망을 가지고 있는 유방에게 어울리는 일이 아니었다. 그래서 유방은 농사일에는 신경을 쓰지 않고 허구한 날 술을 마시며 여자들과 놀아났다.

유방과 항우의 꿈

유방은 원래 사람을 끄는 힘이 대단해서 유방이 술집에 모이면 많은 사람들이 모여들었다. 그래서 술집 주인들이 유방에게는 공짜로 술을 주었다. 그만큼 유방이 오면 장사가 잘 되었기 때문이다.

더욱이 유방이 여자를 좋아한다는 소문이 퍼지자 술집 여주인들은 술을 주면서 그에게 잠자리까지 요구하였다. 유방은 그것을 마다하지 않고 흔쾌히 받아들이는 호방한 사람이었다.

그런데 그런 그의 야망을 눈뜨게 하는 사건이 일어났다. 유방이 진의 수도인 함양으로 부역을 갔을 때의 일이다. 때마침 진시황이 전국을 순회하고 있었다. 출궁행렬은 너무나 웅장하고 화려하였다. 그는 그 행렬의 웅장함에 감탄하며 자신도 모르게 이렇게 외쳤다.

"대장부로 태어났으면 마땅히 이러 해야 하지 않는가!"

이런 유방의 포부는 혼란한 시대의 흐름을 타고 그대로 실현되었다. 마침내 유방은 숙적이었던 항우를 물리치고 4백 년이나 지속된 한 제국을 건국하였다.

그런데 유방과 그 자리를 놓고 다투었던 항우 역시 진시황의 웅장한 행렬을 보고 자신도 모르게 불쑥 다음과 같이 내뱉었다.

"언젠가는 내가 저 자리를 차지하고 말 것이다."

이런 웅대한 뜻을 품은 천하장사 항우는 유방에게 패해 황제의 자리까지는 가지 못하지만, 지칠 줄 모르는 힘과 용맹을 앞세워 한 시대를 풍미한 초나라 왕의 자리에 오르게 된다.

이처럼 유방과 항우는 가슴에 큰 포부를 가졌기 때문에 왕의 자리에 오르게 되었던 것이다. 특히 집안이 변변하지 못한 유방에게 이런 포부가 없었다면 십중팔구 건달처럼 술과 여자에 온 정열을 탕진하였을 것이다. 하지만 큰 뜻이 있었기 때문에 유방은 그런 생활에 몰입하지 않고 무서운 경쟁자인 항우를 물리치고 황제의 자리에 오를 수 있었다.

큰 꿈을 가져야 하는 두 번째 이유

큰 뜻을 가지면 어떤 어려움이 와도 그것을 참고 이겨내는 힘이 생긴다. 반면에 큰 뜻이 없으면 조금만 힘들어도 금방 포기하고, 조금 성공했다 싶으면 안락하고 편안한 생활에 안주하려 한다. 그래서 큰 뜻을 품은 사람은 끊임없이 노력하지만 큰 뜻을 품지 않은 사람들은 대충대충 편하게 사는 것이 인생의 목적이 된다.

와신상담

나라끼리 먹고 먹히는 고대 중국의 춘추전국 시대 말기, 오나라와 월나라는 서로가 못 잡아먹어서 야단이었다. 오나라와 월나라는 앙숙 중의 앙숙이었다. 두 젊은 군왕인 오나라의 부차와 월나라의 구천도 가문의 대를 이어 원수지간이었다. 그들은 목숨을 건 처절한 대결을 펼쳤다.

오나라의 부차는 지난 날 아버지의 원수를 갚기 위해 3년이란 세월 동안 장작더미 위에 누워(와신) 원수 갚을 날만을 기다렸다. 그리고 그는 병법자인 오자서를 얻어 마침내 월나라를 무찔렀고 구

천을 항복하게 한다. 월나라의 구천은 오나라의 부차에게 나라를 빼앗겼을 뿐 아니라, 오나라에 잡혀 자신은 노비가 되고 아내는 부차의 첩이 된다. 그는 오나라의 노비로서 온갖 고초를 겪으면서 똥물까지 먹는 굴욕을 당하기도 한다.

그렇지만 그는 설욕의 집념을 포기하지 않고 재기를 꿈꾼다. 마침내 그날이 점점 다가오고 있었다. 오나라 부차가 오자서의 만류에도 불구하고 방심하여 월나라의 구천을 놓아준 것이다. 구천은 고국으로 돌아와 곰의 쓸개를 씹으면서(상담) 힘을 키우는 데 전력을 기울인다. 20년이란 세월 동안 백성들과 함께 일하며 원수 갚을 날만 손꼽아 기다린 것이다.

한편 큰 뜻을 성취했다고 생각한 부차는 점점 오만해져 다 잡은 호랑이를 놓아주는 어리석음을 범할 뿐 아니라, 자기에게 승리를 안겨 준 오자서의 말을 듣지 않고 오자서까지 죽게 한다. 그리고 간신 백비의 말에 놀아나 여색에 빠져 방심하게 된다. 부차가 힘이 빠질 대로 빠졌다는 생각이 들자 구천은 부차를 쳐 마침내 오나라를 멸망시킨다. 부차는 오자서의 말을 듣지 않은 자신의 어리석음을 한탄하며 스스로 목숨을 끊는 비극을 맞이하게 된다.

오나라의 부차와 월나라의 구천의 와신상담 이야기는 뜻을 가지는 것이 얼마나 중요한 것인가를 잘 보여준다. 부차도 처음에는 대업을 이으려는 큰 뜻이 있어 승승장구 할 수 있었다. 그러나 그 뜻이 없어지자 충신인 오자서의 말을 물리치고 간신들의 말에 귀를 기울이며 여색에 빠지고 만다.

그는 삶의 목적을 달성하는 과정에서 허영심과 자만에 빠져 상대방을 얕잡아 보고 방심하였다. 부차는 하나의 목적을 달성했으면 더 큰 목적을 설정하고 앞으로 정진했어야 했다. 그렇지 않았기 때문에 스스로 무덤을 파고 말았던 것이다.

반면에 구천은 대업을 잇지 못한 것을 부끄럽게 여기며 어떤 모욕도 참고 이겨냈다. 그는 자신의 목적이 뚜렷했기 때문에 어떤 모욕도 달게 받을 수 있었다. 보통 사람 같았으면 그런 모욕을 받았을 때, 그것을 이겨내지 못하고 좌절할 가능성이 높다. 특히 왕까지 지낸 자가 노예생활을 한다는 것은 결코 쉬운 일이 아니다. 그러나 그는 목적이 있었기 때문에 똥물을 먹는 것도 마다하지 않았다.

한나라를 세운 일등공신 한신 역시 어떤 모욕도 달게 받은 사람으로 유명하다. 그가 일정한 직업이 없이 칼을 차고 거리를 지나갔을 때 건달 중 하나가 시비를 걸어 왔다.

"야, 겁쟁이 놈아. 네 놈이 사나이라면 그 칼로 나를 베어라. 그럴 배짱이 없다면 내 사타구니 밑으로 기어라. 만일 그렇게 하지 않으면 네 목이 오늘 떨어질 것이다."

그러자 한신은 잠자코 건달의 사타구니 밑으로 기어 나갔다. 그 당시 한신의 무술실력이라면 건달쯤은 간단하게 베어버릴 수 있었다. 그러나 사소한 일로 자신의 원대한 포부와 꿈을 망칠 수 없다고 생각하여 모욕을 참았던 것이다.

이처럼 모욕을 참을 줄 아는 인내는 승리자가 되기 위한 전제조건이다. 인내는 감정에 흔들리지 않고 자신이 하고자 하는 일을 냉정히 바라보고 어떤 난관도 극복할 수 있는 지혜와도 같다.

반면 인내력이 없어 모욕을 참지 못하는 사람은 감정에 흔들려 올바른 생각과 행동을 할 수 없기에 세상을 바르게 풀어갈 수 없다. 그러므로 진정한 승리자가 되기 위해서는 어떤 모욕을 당하거나 화가 나도 참고 인내하는 것이 중요하다. 그래서 미국의 대통령이었던 제퍼슨은 "화가 치밀 때는 열까지 센 다음 말한다. 폭발할 것 같을 때는 백까지 세고 말한다."라고 조언한다.

큰 꿈을 가져야 하는 세 번째 이유

큰 꿈을 가진 사람들은 사소한 것에 신경을 쓰지 않는다. 특히 청소년들은 얼굴이나 옷에 신경을 많이 쓴다. 그리고 자신과 직접적으로 연관이 없는 일, 연예인의 시시콜콜한 일에 관심을 기울인다.

하지만 천재들은 그런 일에 별로 신경을 쓰지 않는다. 아인슈타인은 뉴턴이 주장한 절대 시간과 공간 개념을 부정하는, 시간은 공간에 따라 달라진다는 상대성 이론을 주장하면서 세계적으로 주목받는 과학자가 되었다. 그런 그도 고작 연구소에 출퇴근하는 것이 전부였으며 사교적인 모임도 거의 없었다. 그는 자동차조차 가져본 적이 없었다. 더욱이 그는 강연을 할 때도 거의 옷에 신경을 쓰지 않았다. 전국 각지를 강연하고 다닐 때는 새로운 옷을 준비하고 다녔지만 그는 새 옷을 준비한 옷가방을 열지도 않았다. 아인슈타인은 강연을 하는 동안 주름진 여행복을 입고 강연했다.

한번은 매우 중요한 회의였는데, 아인슈타인의 차림새가 무척 초라하였다. 반면에 그 자리에 참석한 사람들은 모두 화려한 정장이었다. 회의를 주관하는 책임자가 아인슈타인에게 옷을 갈아입어야 하지 않겠냐고 물었을 때, 아인슈타인은 그럴 생각이 추호도 없다고 하였다.

　이처럼 큰 목적을 가지고 있는 사람들은 자신이 관심 있는 일 이외에는 몰입을 하지 않는다. 그는 물리학자들조차 접촉하는 것을 꺼려하고 고독을 즐기는 생활을 하였다. 그래서 그는 외로움에 시달리는 역설에 봉착하였다.

　그는 고독이 인간을 교육하는 스승이라고 하면서도 말년에 외로움에 몸부림치며 다음과 같이 말했다.

　"나로서는 고독에 잠기고 싶은 생각을 언제나 느껴왔는데, 이것이 나이가 많아짐에 따라 점점 심해지는 것 같네. 이렇게도 널리 세상에 알려져 있으면서도 이렇게 외롭다는 것은 이상한 일이 아닌가?"

　그의 명성에 비해 그의 생활은 아주 단순하였다. 그러나 지금 청소년들의 생활은 어떤가? 자신이 하고자 하는 일보다도 사소한 일에 더 관심이 많다. 그리고 혼자 있는 것을 아주 싫어해서 다른 사람과 어울리기를 좋아한다. 정열과 열정을 사소한 것에 낭비하는 것이다. 공부보다는 노는 것을 찾아다니고 자신의 일보다도 연예인의 일거수일투족에 관심을 쏟고 뒤꽁무니를 쫓아다닌다. 그러니 자신의 목적에 도달하기는커녕 자신이 하는 일조차 제대로 할 수 없다.

성녀 테레사와 성자 슈바이처의 꿈

20세기 성녀 테레사 수녀는 18세 때 마음속 깊은 곳에서 다음과 같은 소리를 들었다.

"어서 가서 가난한 사람을 사랑하고 섬기도록 해라."

그 소리를 들은 테레사는 자신의 온몸을 바쳐 가난하고 병든 사람들을 돕는 것을 평생의 과업으로 삼았다. 그래서 그녀는 수녀가 되었고 마침내 머나먼 인도에 가서 병들고 가난한 자를 위해 백방으로 노력하였다. 그녀는 거리에서 죽어가는 사람들이 인간답게 떠날 수 있도록 장소를 마련하여 돌보았다. 또한 그녀는 기금을 마련하기 위해 발이 닳도록 돌아다니면서도 밤낮으로 기도를 올렸다.

20세기 성자로 불리는 슈바이처 역시 '세상에는 가난과 고통으로 허덕이는 사람이 많은데, 나 혼자만 이렇게 행복해도 되는 것일까?' 하고 자신에게 물었다. 그는 자신이 다른 사람에 비해 항상 지나친 행복을 누리고 있다고 생각하였다. 그렇다고 슈바이처가 부유하게 산 것은 아니다. 아버지가 시골에 있는 교회 목사였기 때문에 그 동네에서는 그럭저럭 산다고 해도 부유한 집안은 아니었다. 하지만 가난한 아이들을 보면서 슈바이처는 언젠가는 가난과 고통에 시달리는 사람들의 아픔을 덜어주어야 한다고 생각하였다.

그런데 그때 우연히 고통스러워하고 있는 흑인 석상의 모습을 보았다. 그 순간 그는 서구 제국주의로 인해 고통 받고 있는 흑인들을 위해 일해야겠다는 생각을 하게 되었다. 그때 아프리카 사람들이 알 수 없는 병에 죽어가기 때문에 의사가 필요하다는 어느 선교사의 글을 보고 슈바이처는, "이제야 비로소 내가 할 일을 찾았다. 의사가 되어 아프리카로 가자."라고 결심하였다.

그는 편안하게 살 수 있는 대학 교수직을 물리치고 다시 의대에 입학하여 의사 수업을 10년 동안 받았다. 그리고 마침내 배를 타고

TIPS

마더 테레사 수녀 1910~1997

본명이 아그네스 곤자 보야지우인 알바니아계의 로마 가톨릭 수녀. 인도 캘커타에서 헌신적인 빈민 구제활동을 하여 살아있을 때부터 성인으로 존경받았다. 그녀가 인도에 처음 발을 디딘 것은 19세 때인 1929년이었지만, 인도를 삶의 근거지로 삼겠다고 결심한 것은 1946년이었다. 그 즈음 쓴 글에서 그녀는 자신의 선교활동과 자선행위를 '소명 속의 소명'(the call within the call)이라 불렀다. 1950년 사랑의 선교 수녀회를 설립해 본격적으로 자선활동에 들어갔다. 그리고 1963년에는 사랑의 선교 수사회를 만들었다. 선교사로서만이 아니라 사랑의 실천자로서 테레사의 이름은 인도를 넘어서 전 세계에 퍼졌다. 1979년 노벨 평화상을 수상하였다.

알버트 슈바이처 1875~1965

프랑스의 내과의사, 신학자, 철학자, 음악학자. 1905년 박애사업에 헌신하기 위해 선교의사가 되겠다는 결심을 발표했고 1913년 의학박사가 되었다. 그의 핵심사상은 '생명에의 외경' 즉 생명존중사상이다. 그는 몸소 그것을 실천하기 위해 아프리카로 갔다. 그리고 그를 돕기 위해 간호사 훈련을 받은 아내 헬레네 브레슬라우와 함께 프랑스령 적도 아프리카의 가봉에 있는 랑바레네로 출발했다. 그곳에서 오고우에 강둑 위에 원주민들의 도움으로 람바레네 병원을 설립했다. 1952년 노벨 평화상을 수상했다.

사랑하는 여인과 함께 평생 동안 흑인을 위해 일하였다. 그래서 그는 20세기 성자로 우뚝 선 것이다.

이처럼 큰 뜻을 가지는 것은 안일한 생각을 접고 어떤 어려움이 와도 그것을 이겨낼 수 있는 의지를 만들어준다. 반면에 큰 뜻이 없는 사람은 강한 의지와 집념을 접고 향락에 빠져 시간을 소비하기 쉽다. 그래서 큰 뜻을 지니는 것이 얼마나 중요한가를 알 수 있다.

꿈을 가진 사람과 꿈이 없는 사람과의 차이

그런데 뚜렷한 삶의 목적을 가지고 사는 사람들은 얼마나 될까? 하버드대학 연구 결과에 따르면 3%의 사람만이 장기적이면서도 뚜렷한 삶의 목적을 가지고 산다고 한다. 그리고 그런 사람들이 25년 뒤에 사회 각계각층에서 최고의 자리에 올랐다는 것을 보여준다.

소설가 박경리도 무려 25년이란 세월 동안 한결같이 《토지》라는 대하소설에 전념하였다. 그녀는 그 작품을 완성하기 위해 번잡한 서울을 떠나 원주에서 홀로 고독을 벗 삼아 사색하며 온 정신을 《토지》에 바쳤다. 그래서 그녀는 우리 시대 최고의 작가라는 명성을 얻게 되었다. 이처럼 최고가 되기 위해서는 큰 꿈을 갖고 한결같은 마음으로 노력해야 한다.

그러나 대부분의 사람들은 그렇지 못하다. 어린 시절의 큰 꿈을 가지고 있다가도 어느 순간 꿈은 어디로 갔는지 실종되고 만다. 특히 우리나라의 경우 한참 꿈을 키워야 할 때, 입시제도에 묶여 큰 꿈을 접고 입학시험에 매달리고 만다.

대학입시시험이라는 단기적인 목적을 가지고 열심히 노력한 사람은 그래도 괜찮다. 일류대학만 나와도 그 만큼의 보상은 받기 때문이다. 그렇지만 대학이라는 간판이 모든 것을 보장해주지는 않는다. 아무리 훌륭한 대학을 나와도 노력하지 않는다면 사회에 필요한 인간으로 성장할 수 없다.

그런데도 많은 대학생들이 꿈을 잃고 방황하거나 기껏해야 취업에 목을 매고 있는 실정이다. 오늘날 우리나라 대학생들은 공무원이나 대기업에 취업하는 것을 성공으로 본다. 그러니 우리 대학의 풍토에서 큰 꿈을 가진 사람을 만난다는 것은 쉽지 않다.

더욱이 놀라운 것은 목적이 전혀 없이 산 사람들은 최하층의 빈민층으로 전락한다는 사실이다. 이런 사람들은 목적이 없기 때문에 하루하루를 그럭저럭 소일하는 게 전부다. 목적이 없으니 삶의 활력도 없고 노력이라고는 찾아보기가 힘들다. 돈 벌이가 있으면 일하고 그렇지 않으면 논다. 안일한 사고와 게으름이 생활의 전부인 것이다. 그러니 경쟁 사회에서 이들은 당연히 밀리게 된다.

이들은 노력하지 않기 때문에 스스로 일어날 수 없을 뿐만 아니라 삶이 팍팍하니 세상을 원망하고 실직과 취업을 밥 먹듯이 하며 하루하루를 보낸다. 이런 사람들은 나이가 들수록 비참한 생활을 하게 되고 범죄 가능성에도 항상 노출되어 있다.

끝까지 목적을 지켜라

성공하기 위해서는 삶의 목적을 가져야 하며 막연히 '잘 되겠지' 라는 생각부터 먼저 떨쳐내야 한다. 막연한 꿈은 실천이 따르지 않아 이루어질 수 없는 꿈이며 안일한 생각이다. 그래서 위대한 꿈을 갖고 끝까지 삶의 목적으로 유지하는 것이 무엇보다 중요하다.

한 분야에 오랫동안 전념하게 되면 그 분야에서만큼은 인정받는 사람이 될 수 있다. 그래서 목적을 향해 나아갈 때는 한 눈 팔지 말고 그 목적에 전념해야 한다. 미국의 실용주의 철학자 윌리엄 제임스는 "인간의 자유의지란 다른 생각이 나더라도 자신이 밀고 나가기로 선택한 생각을 끝까지 밀고 나가는 것이다."라고 말하였다.

자유의지로 다시 태어난 철학자 제임스

철학자 제임스 역시 젊은 시절 아버지의 변덕스러움 때문에 한 가지 일을 제대로 하지 못했다. 화가가 되려고 그림 공부를 하였다가, 과학자가 되려고 과학을 공부하였고 또 의사가 되려고 의학을 공부해야 했다. 그러나 아버지는 또 다시 마음을 바꿔 그에게 철학을 공부하라고 했다.

제임스는 아버지의 일관성 없는 주문에 우울증에 빠져 자살까지 결심하였다. 다행히 자살소동은 벌어지지 않았다. 제임스는 결국 철학을 택해 철학자가 되기를 희망하였다. 그리고 그것을 끝까지 밀고 나가 미국의 위대한 철학자로 다시 태어났다.

제임스의 인생을 볼 때 자신의 인생을 스스로 결정하지 못하고 다른 사람에 의해 결정되는 것이 얼마나 위험한 것인가를 알 수 있다. 인생은 스스로 선택해서 살아가야 한다. 제임스는 큰 아들로서 의무를 다하기 위해 아버지의 말을 고분고분 들었다. 하지만 그것이 자신의 인생을 혼란 상태로 만들어, 자살까지 생각하게 되는 극단적 상황으로까지 갔다.

그렇지만 그는 다행이 모든 것은 스스로 선택해서 밀고 나가야 한다는 '자유의지'를 깨달아 불면증에 시달리는 나약한 인간에서

TIPS

제임스 1842~1910

자유로운 종교사상가인 헨리 제임스의 장남인 그는 뉴욕에서 태어났다. 그는 18세에 화가가 되려던 꿈을 접고 하버드대학의 이학부에 입학해 화학을 공부하기 시작했다. 22세에 다시 의학으로 전공을 바꾸어 아마존 강 탐사 여행에 참가했다가 오히려 자신의 철학적인 소양을 알게 되었다. 여행에서 귀국한 후 그는 심리학과 철학에 대한 관심이 높아졌고, 프랑스의 철학자 르누비에의 자유의지설에서 마음의 안식처를 찾아냈다. 30세에 하버드대학의 생리학 강사로 시작하여 1907년 대학에서 은퇴할 때까지 철학과 심리학을 강의하였다.

제임스는 진리란 우주 내에 있는 것이 아니라 인간에 의해 창조되는 것이라고 하였다. 이러한 그의 생각은 세상에 객관적인 진리가 있는 것이 아니라는 것을 의미한다. 우리가 생각하기에 유용하다고 생각하면 그것이 바로 '옳은' 것이다. 그는 처음부터 객관적이고 절대적인 진리는 없다고 생각하였다. 진리란 인간에 의해 만들어지는 것이다. 그래서 우리도 자유 의지에 따라 자신을 창조할 수 있다는 것이다.

벗어나 자유롭고 활기찬 사람으로 거듭 날 수 있었다.

실존주의 철학자 사르트르가 인간은 홀로 선택하고 홀로 설 수밖에 없다고 한 말도 바로 이런 맥락이라고 할 수 있다. 누구도 자신의 인생을 대신할 수 없다. 부모조차 결국에는 방관자일 수밖에 없다. 자신의 인생은 다른 사람에 의해 좌지우지 될 것이 아니라 스스로 선택하고 결정해야 하는 것이다. 그래서 결단력이 중요하다. 결단력을 통해 스스로의 인생을 개척하고 창조해나가야 하는 것이다. 사르트르는 말한다.

"인생이란 인간이 스스로 일을 저지르고, 스스로 자신의 자화상을 그려나가는 것이다. 그 자화상 말고는 아무것도 존재하지 않는다."

그런데도 부모에 의해 좌지우지 되는 경우가 너무나 많다. 물론 부모님이 훌륭한 조언자는 될 수 있다. 하지만 자식의 인생을 결정할 권한은 없다. 자식의 인생은 결국 자식의 것이므로 자식들 스스로 결론을 맺게 하는 것이 훌륭한 부모의 태도라고 할 수 있다. 제임스의 아버지처럼 자식의 인생을 아버지가 독단적으로 결정해버리는 것은 자식을 사랑하는 게 아니라, 자식의 인생을 망치는 일이다.

하지만 자신의 능력을 무시하고 삶의 목적을 무작정 크게 잡아서도 안 된다. 이런 꿈은 실현 불가능할 뿐 아니라 그것으로 인해 절망의 몸부림을 칠 수도 있기 때문이다. 자신의 재능과 능력, 그리고 현실의 바탕 위에서 실현 가능한 삶의 목적을 설정해야 한다. 그리고 끊임없이 노력해야 한다.

좀 어렵다고 그 목적을 포기하거나 궤도를 수정하여 전혀 다른 일을 하는 것도 위험하다. 이런 사람은 중도에 포기하기 때문에 성공은 고사하고 다시 실패할 가능성이 매우 높다. 다른 일을 새로 시작하는 것은 전혀 생소하여 그만큼 실패할 가능성이 높다. 그러므로 아무리 어렵고 힘들어도 참고 인내하여 자신의 목적을 끝까지 지켜야 성공의 길을 걸을 수 있다.

인류 역사가 말해주듯이 인류에게 족적을 남긴 사람들은 어린 시절부터 자신의 마음속에 웅대한 포부를 갖고 항상 자신의 목적을 세우고 그 목적을 향해 부단히 노력해서 그 꿈을 이루었던 사람들이다.

TIPS

사르트르 1905~1980

파리에서 태어났으며, 아버지는 해군장교, 어머니는 알버트 슈바이처의 사촌 동생이었다. 그가 태어난 다음 해 아버지가 죽어 어머니는 재혼하게 된다. 계부와의 생활이 순탄치 않아 많은 어려움을 겪는다. 대학고등사범학교에서 철학을 공부하고 졸업 후에는 베를린으로 유학을 가서 후설, 하이데거 철학에 심취한다.

1938년 소설 《구토》를 발표하여 단숨에 유명세를 탄다. 또 여성 평론가 보부아르와 계약 결혼을 하고 평생의 반려자가 되기도 한다. 그는 1964년 노벨 문학상 수상을 거부하여 더욱 유명해졌으며, 정치·사회문제를 비롯한 현실문제에 적극적으로 참여하였다. 그는 폐수종에 걸려 75세의 생을 마감했다.

사르트르 철학의 핵심은 자유다. 그는 인간의 본질을 자유로 보고 자유를 통해 스스로 인생을 창조해가는 것이 인생의 참모습이라고 하였다. 그래서 그는 "실존이 본질에 앞선다."고 하였다. 인생은 본질처럼 미리 만들어 있는 것이 아니라, 실존하는 것처럼 스스로 만들어가는 것이다.

율곡의 자경문

국가고시에서 9번이나 장원급제하고 우리나라 성리학 발전에 기여한 율곡 이이도 다음과 같은 자경문(스스로 지켜야 할 일)을 지어 평생 삶의 지침으로 삼았다. 그 자경문은 다음과 같다.

- 첫째, 성인을 본받아 뜻을 높게 갖는다.
- 둘째, 말을 적게 한다.
- 셋째, 모든 나쁜 짓은 남이 보지 않는 데에서 생기므로 혼자 있을 때 행실을 더욱 삼간다.
- 넷째, 할 일을 미리 잘 정리해두어 도리에 어긋나는 일은 하지 않는다.
- 다섯째, 무슨 일이든지 정성을 기울인다.
- 여섯째, 서두르지 않고 쉬지도 않으며 꾸준히 학문을 닦는데 힘쓴다.

그런데 율곡은 자경문 중 왜 뜻을 높게 갖는 것을 제일로 삼았을까? 그것은 뜻이 바로 서지 않으면 무엇을 어떻게 행해야 될지 모르기 때문이다. 그래서 율곡은 삶의 목적을 먼저 세울 것을 강조하였다. 서양 철학자 아리스토텔레스도 인간은 목적을 가지고 태어났다는 것을 강조한다. 그래서 그는 목적을 향해 삶을 능동적으로 창조해가는 창조자가 진정으로 행복한 사람이라 하였다.

TIPS

이이 1536~1585

외갓집이 있는 강원도 강릉에서 태어났다. 아버지 이원수는 사헌부 감찰이었고 어머니는 학문이 깊은 신사임당이었다. 그는 이미 3세 때 글을 깨우쳤으며 4세 때 《사략》을 배울 정도로 머리가 뛰어난 신동이었다. 13세 나이로 진사 초시에 장원급제 하였다. 그러나 뜻하지 않게 16세 때, 어머니 신사임당이 죽자 인생에 대한 회의를 느껴 불교에 입문하기도 하였다. 세상을 끊고 불교의 진리에 접근하고자 했지만 도무지 깨달을 수가 없었다. 그랬던 그는 성리학을 접하면서 깨달음을 얻게 되었다. 그리고 21세의 나이에 한성시에 장원급제하여 벼슬자리에 오르며 주요 관직을 두루 섭렵하였다.

그는 23세 때, 이황을 찾아 가서 성리학에 대해 토론하였다. 그는 이황과 달리 사물의 본성인 '이'와 사물을 구성하는 재료인 '기'가 완전히 다른 것이 아니라고 주장한다. 그것들은 분명 다른 것이지만 '이'와 '기'는 서로 의존적이어서 독립적으로 존재할 수 없다. 이황이 '이'와 '기'를 나누어서 생각한 이기이원론을 주장한 반면, 이이는 '이'와 '기'는 다르지만 떨어질 수 없는 존재라는 일원론적 이기이원론을 주장하였다. 그는 이황과 함께 우리나라 성리학 발전에 크게 기여하였다.

그리고 말년에 십만양병설을 주장하다가 반대 당파인 동인에 탄핵되어 모든 관직에서 물러난 비운의 천재였다.

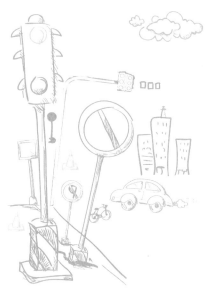

끼 있는 '일'

삶의 목적은 사람의 희망이요, 등불이다. 그런데 삶의 목적을 정할 때 무엇을 일차적으로 고려해야 할까? 무엇보다도 자신이 가지고 있는 재능, 즉 '끼'를 일차적으로 고려해야 한다. 일단 재능이 있어야 자신의 능력과 창의성을 충분히 발휘할 수 있기 때문이다.

아무리 음악가가 되려고 노력하여도 음이 쉽게 귀에 들어오지 않는다면 음악가로서 성공하기 어렵다. 음악가로서 성공하려면 노력하기 이전에 음악적 재능이 선행되어야 한다. 즉, '끼'가 있어야 자신의 재능을 충분히 발휘하고 자신이 하고자 하는 목적을 성취할 수 있다.

하버드 법대를 중퇴한 빌 게이츠

현대 사회는 세계화가 되면서 무한 경쟁 시대가 되었다. 무한 경쟁의 의미는 무엇일까?

무한 경쟁이란 끝없이 경쟁이 이루진다는 말로 능력이 없으면 살아남기 어렵다는 뜻이다. 또한 자기 자신의 능력 이외에 그 누구도 자기 자신을 보호해줄 수 없다는 의미이기도 하다. 자신이 소속되어 있는 가정, 학교, 기업, 국가조차도 자신의 보호막이 될 수 없다. 가정도 붕괴될 수 있고, 기업도 언제든 부도가 날 수 있으며, 국가조차도 파산할 수 있다.

스스로 자신을 보호하지 않으면 안 되는 게 오늘날 우리의 현실이다. 반면에 자신이 능력만 있으면 아무리 기업이 망해도 살아남을 수 있으며 국가가 부도가 나도 자신의 재산을 보호할 수 있다. 그래서 자신의 능력을 기르는 것이 현대 사회에서는 무엇보다 중요하다.

왜 빌 게이츠가 성공할 수 있었고 세계 최대의 갑부가 될 수 있었는지 생각해보자. 빌 게이츠는 어린 시절부터 컴퓨터에 푹 빠졌다. 중학교 때 그는 《대중전자학》을 보면서 개인용 컴퓨터가 세상을 변화시킬 거라는 확신을 가졌다. 그는 앞으로 다가올 미래에 대한 설렘으로 잠도 제대로 못 잘 지경이었다. 컴퓨터에만 빠져 있는 아들을 부모는 걱정했지만 그래도 그의 관심은 온통 컴퓨터뿐이었다. 가만히 앉아서 명령을 내리면 기계가 그 명령을 받아 써 내려가는 것이 너무나 신기하여 그는 컴퓨터를 보자마자 컴퓨터 프로그램을 만들어 전 세계를 변화시키려는 꿈을 꾸었다.

이런 빌 게이츠에게 학교 공부는 따분할 뿐이었다. 그래서 그는 한때 학교 공부에는 별로 신경을 쓰지 않아 성적이 좋지 않던 때도 있었다. 아버지의 훈계를 듣고 나중에는 공부에도 어느 정도 신경을 썼지만, 그래도 그의 관심은 오직 컴퓨터였다. 그는 온 열정을 쏟아 컴퓨터 프로그램을 만드는 데 집중하였다.

빌 게이츠는 아버지의 권유에 따라 하버드 법대에 입문하게 된다. 그렇지만 그는 얼마 동안 마음을 잡지 못했다. 그는 그를 찾아온 평생의 동반자 폴에게 다음과 같이 말했다.

"부모님의 뜻에 따라 법대에 왔지만 법 공부는 정말 따분해. 부모님이 바라는 법관은 다른 사람의 뒤치다꺼리나 하는 일이지 않니. 나는 세상을 움직이는 사람이 되고 싶어."

그리고 그는 부모님의 권유를 뿌리치고 하버드 법대를 중퇴하고 말았다. 하버드 법대를 그만둔다는 것은 보통 사람으로서는 상상하기 힘든 일이다. 특히 우리나라와 같은 학벌주의 사회에서는 더욱 그렇다. 그렇지만 그는 과감히 결단력을 발휘하였다. 그리고 그는 친구 폴과 함께 컴퓨터 회사를 차려 혁신적인 개인용 컴퓨터 프로그램을 개발하였고 마침내 자신이 꿈꾸어 온 컴퓨터로 세상을 움직이는 사람이 되었다.

그리고 그는 2007년 하버드 대학교에서 명예졸업장을 받으면서 30년 동안이나 기다려온 말을 했다.

"아버지, 내가 항상 말했잖아요. 언젠가 하버드로 돌아와 학위를 받을 것이라고."

거대 철강 회사를 포기한 비트겐슈타인

20세기 분석철학의 거목 비트겐슈타인 역시 빌 게이츠처럼 자신의 적성을 살려 세계적인 인물이 된 사람이다. 그의 아버지는 그 당시 유럽에서 큰 철강 회사를 운영하였다. 형들이 일찍

TIPS

러셀 1872~1970

그는 영국의 명문 귀족 가문에서 태어났다. 그는 가정교사에게 교육을 받고 케임브리지대학에 입학하여 철학과 수학을 공부하였다. 그곳에서 그는 스승 화이트헤드를 만나 《수학의 원리》라는 논리학 책을 공동집필하였다. 또한 프레게와 페아노의 영향으로 인식론과 과학철학에 큰 영향력을 행사하였다. 그는 단순히 사색만 하는 철학자가 아니라 행동하는 철학자였다. 그는 전쟁에 반대하는 평화주의자였고, 프랑스 철학자 사르트르와 함께 반핵 운동을 펼치기도 했다. 그는 1950년에 노벨 문학상을 받았다.

그의 철학은 철저히 관념적인 것을 배격하면서 시작한다. 그는 과학적이면서 수학적이며 분석적인 방법으로 철학을 할 것을 권고한다. 그때까지의 철학은 과학적인 방법과는 거리가 먼 관념적이고 추상적이었다. 그러나 그에게 이런 철학은 모래 위에 지은 모래성처럼 쓸모가 없다. 쓸모가 있는 철학이 되려면 먼저 과학의 성과물을 근거로 해서 차근차근 쌓아 올려 가야 한다는 것이다.

그래서 그는 올바르게 철학을 하려면 과학에 의해 알려진 것들을 진지하게 받아들여 인간과 세계에 관한 문제를 풀어가야 한다고 주장한다. 이런 그의 이론은 비트겐슈타인에게 많은 영향을 준다.

요절하는 바람에 비트겐슈타인은 아버지의 가업을 이어야 했다.

그런데도 그는 그것을 거부하였고 물려받은 재산마저 시인 릴케를 비롯한 많은 사람들에게 나누어주었다. 그리고 그는 철학자 러셀을 찾아가 자신이 철학을 할 수 있는 자질이 있는가를 물었다. 러셀은 그에게 글을 쓰게 한 뒤에 그 글을 보고 충분히 능력이 있다고 판단하였다.

그 뒤부터 비트겐슈타인은 철학을 공부하게 되었고 제1차 세계대전에 참가해서도 철학적 사색을 멈추지 않았다. 전쟁의 난리통 속에서도 마침내 그의 사색은 결실을 맺어 《논리철학논고》라는 책을 출간하기에 이른다.

이 책에는 철학에 대한 그의 혁명적인 생각이 담겨져 있다. 그에 의하면 지금까지 철학의 많은 문제는 언어를 잘못 이해해서 생긴 문제이므로 철학적 문제들을 해결하기 위해서는 언어를 분석하여 올바로 사용해야 하고 그것이 철학의 임무라고 하였다.

비트겐슈타인은 과거처럼 형이상학적이고 비과학적이며 비논리적인 철학 체계를 구축하려고 해서는 안 된다고 말한다. 그는 거대한 철학 체계는 비과학적이고 비논리적인 언어에 대한 미망에서 비롯된 것으로 모래 위에 지은 성과 같다고 평가했다. 이러한 혁명적 생각 때문에 곧 그의 철학적 명성은 널리 퍼지게 되고 '언어분석철학'이라는 20세기 철학의 한 흐름의 중심축이 되었다.

그는 죽음에 임박해서 친구에게, "나는 멋지게 살았다. 사람들에게 전해 달라."라는 말을 남기고 세상을 떠난 것으로 유명하다.

이처럼 자신이 하고자 하는 것을 하기 위해서는 반드시 재능이 뒷받침이 되어야 한다. 재능이 없으면 목적한 바를 성취할 수 없다.

만일 빌 게이츠가 부모님의 권유대로 법대를 졸업했다면 과연 세상을 움직이는 사람이 될 수 있었을까? 부모님의 말에 따랐다면 아마 빌 게이츠는 변호사가 되어 자신의 말대로 다른 사람의 뒤치 다꺼리나 하는 인생을 살고 있었을 수도 있다.

또한 비트겐슈타인이 가업을 이었다면 그만한 명성을 얻을 수 있었을까? 돈에 관심이 없던 그가 만일 가업을 이었다면 그 기업이 생존할 가능성은 희박했을 것이다. 이런 결과를 미리 내다보고 그들은 과감히 자신이 하고 싶은 일에 뛰어들어 세계적인 사람이 되었다.

그러나 보통 사람은 빌 게이츠나 비트겐슈타인처럼 되기가 쉽지 않다. 대부분의 사람들은 일단 자신은 재능이 없다고 속단한다. 특히 공부에 재능이 없으면 자신은 아무런 능력도 없는 사람이라고 자학하는 경우가 많다. 그러나 이런 부정적인 태도는 자신의 인생을 비참하게 하고 자신의 가치를 떨어뜨릴 뿐이다. 세상에는 공부에는 재능이 없어도 다른 재능으로 성공한 사람이 널려 있다. 공부 못한다고 기죽을 필요가 전혀 없는 것이다.

자신의 가치는 자신의 능력을 믿고 노력하는 것에 따라 달라진다. 물론 선천적인 능력 차이를 부인하는 것은 아니다. 하지만 이런 차이도 때로는 노력 여하에 따라 극복될 수 있다.

학교에서 쫓겨난 에디슨

머리가 이상하다고 학교에서 쫓겨난 에디슨을 보라. 유년 시절의 발명왕 에디슨은 매사에 호기심이 많은 아이였다. 사람마다 붙잡고는 "왜?"라는 질문을 해대는 바람에 사람들로 하여금 고개를 돌리게 만들었다. 그는 호기심이 풀리지 않으면 이를 확인하기 위해 직접 행동으로 옮겼다. 병아리를 부화시키겠다며 헛간에서 계란을 품고 있는가 하면 하늘을 날게 하겠다며 친구에게 가루약을 먹여 땅바닥을 뒹굴게 만들기도 했다. 그 가루약은 물과 섞일 경우 가스가 발생하는 화공약품이었던 것이다.

그는 눈만 뜨면 이상한 질문을 하였다. 호기심 많은 에디슨은 아직 과학이 발전하지 않아 그 원인을 잘 모르는 상황에서 담임선생님에게 '바람이 왜 부나요?', '비는 왜 오나요?' 등의 수많은 질문을 쏟아 부었다. 에디슨의 아리송한 질문을 받을 때마다 선생님의 눈에는 에디슨이 미친 애로 보였다.

좀 더 유명한 일화는 진흙사건이다. 초등학교에 들어간 에디슨은 1+1=2가 된다는 것을 이해하지 못했다. 교사가 사과 하나에 다시 사과 하나를 더하면 사과는 모두 두 개가 된다고 설명했지만 에디슨은 진흙 두 덩어리를 들고 나타났다. 왼손의 진흙과 오른손의 진흙을 합치면 진흙은 여전히 하나라는 것이 에디슨의 주장이었다. 이에 기가 막힌 교사 앵글은 에디슨의 어머니를 불러 '머리가 썩은(addled) 아이'라며 집으로 돌려보냈다. 초등학교에 들어간지 3개월 만에 쫓겨난 것이다.

과연 에디슨은 선생님의 말대로 미친 것이었을까? 아니다. 에디슨은 미친 것이 아니라 천재였다. 자연에서 일어나는 현상을 매일 접하면서도, 누구도 그 원인에 대해 질문을 던지지 않았지만 에디슨은 그 현상이 왜 일어나는지 알고 싶었다. 그래서 그는 호기심이 생길 때마다 선생님에게 질문을 했던 것이다.

그렇지만 담임선생님은 에디슨의 천재성을 발견하지 못하고 수업을 방해한다는 죄목으로 그를 학교에서 쫓아버리고 말았다. 그 뒤로 에디슨은 호기심 많은 자신을 이해하지 못하는 학교에는 얼씬도 하지 않았다. 그는 혼자서 자연을 탐구하며 역사상 전무후무한 발명왕 자리에 올랐다. 만일 에디슨이 학교교육에 목 매였다면 과연 발명왕이라는 타이틀을 얻을 수 있었을까? 그는 자신의 질문에 아무런 대답을 해주지 않았던 학교교육에 대해 평생 좋지 않은 감정을 가지고 살았다.

끼는 다양하다

이처럼 진정 '끼' 있는 사람은 자신의 영역에서 자유롭게 상상하는 사람이다. 이런 사람은 어떤 틀에 안주하여 무엇을 하려고 하지 않는다. 자신이 하고자 하는 일에 모든 것을 바쳐 끝을 보려고 한다.

물론 끼는 사람마다 다르다. 셰익스피어와 같이 감성적 지능이 뛰어난 사람이 있는가 하면, 세계 최초로 컴퓨터를 만든 파스칼처

파스칼 1623~1662

파스칼은 수학자, 물리학자, 철학자로서 남프랑스에서 세무법원 판사 아들로 태어났다. 3세 때 어머니를 잃었지만, 그는 신동이었다. 16세 때 수학 논문을 써 세상을 놀라게 했고, 19세 때 세계 최초의 계산기를 발명하였다. 23세 때는 구원은 인간의 선행에 의해 결정되는 것이 아니라 신의 은총이라는 안세니즘에 귀의한다. 그리고 수도원에 들어가 종교에 귀의하며 교리를 체계적으로 연구하기 위해 교부들에 대한 연구에 몰입하다, 몸이 쇠약해져 39세라는 짧은 생을 마감한다.

그의 철학사상은 종교적이었다. 그는 '내기' 논증으로 유명하다. 그는 합리적으로 종교를 논증할 수 없다고 주장한다. 그래서 '내기'를 통해 신을 믿어야 될지 그렇지 않을지를 결정해야 한다는 것이다. 만일 신이 존재한다면 믿는 사람은 '영원한 행복'을 기대할 수 있을 것이다. 그러나 신이 존재하지 않아도 믿어서 손해가 될 것은 전혀 없다고 파스칼은 말한다. 그는 "도대체 믿어서 당신이 잃을 게 무엇인가?"라고 묻는다.

그는 신을 믿는 쪽으로 '내기'를 거는 것이야말로 '확실한 성공'을 보장받을 것이라고 주장한다.

럼 수리 능력이 뛰어난 사람도 있다.

그러나 성공하는데 있어 이런 지적인 능력만이 중요한 것은 아니다. 때로는 뛰어난 인간관계 능력을 가진 사람들이 큰일을 하는데 결정적인 역할을 하기도 한다. 이런 사람들 중에는 배운 것은 별로 없지만 사람의 마음을 사로잡는 매력으로 천하를 지배한 사람들도 있다.

세계에서 가장 넓은 땅을 정복했던 칭기즈 칸 역시 인간관계에서 천재적인 능력을 가진 사람이다. 그는 배운 것은 없었지만 인간관계에서 탁월한 능력을 발휘하여 사람들의 충성심을 이끌어내 세계에서 전무후무한 넓은 땅을 차지하였다.

또한 항우는 힘으로 왕의 자리까지 올라갔다. 그는 어린 시절부터 힘이 장사였다. 그렇지만 글을 익히는 것을 좋아하지 않았다. 숙부 항량이 그런 항우를 꾸짖자 오히려 항우는 이렇게 말했다.

"글자는 제 이름자만 쓰면 됩니다."

그리고 항우는 무예를 기르는데 힘썼다. 그리고 왕이 되기 위해 병법의 필요성을 깨닫고 어느 정도의 병법을 연마하였다. 하지만 그는 태생적으로 책보다는 힘쓰는 것을 좋아했다. 큰 덩치에서 뿜어져 나오는 힘이 워낙 장사라 주변에 그를 따르는 사람이 많았고, 전쟁에서 거의 패하지 않아 20대 젊은 나이에 초나라 왕의 자리까지 올라 황제의 자리까지 넘보게 되었다.

재능에 따라 길을 가라

자연주의자 루소는 출세를 위해 인간의 자연성을 버리는 학교 교육의 참담한 현실을 다음과 같이 통탄하고 있다.

"인간은 모든 것을 뒤헝클어 보기 싫게 만들며 기형과 괴물을 좋아한다. 인간은 무엇 하나 자연이 만든 그대로를 좋아하지 않는다. 심지어는 인간까지도 자연 그대로의 상태를 원치 않는다. 인간을

승마처럼 구미에 맞게 훈련시키는가 하면 정원수처럼 취미에 맞게 가지를 친다.”

이제 성공하기 위해서는 오직 좋은 대학에 가야한다는 생각을 바꾸자. 학력과 능력은 때로는 별개다. 학력은 그저 교육을 많이 받았다는 것을 증명할 뿐 그 사람의 능력을 증명하는 것은 아니다. 그런데도 우리나라 학벌주의는 학력과 능력을 동일시한다. 그래서

TIPS

루소 1712~1778

프랑스의 계몽주의 사상가이며 사회계약설론자이다. 제네바에서 출생하였으며 정규교육을 받지 않고 어릴 때부터 곤궁하고 방종한 생활을 하였다. 그런 와중에 1756년 현상 논문에 당선하여 유명해졌고 문필계에 들어섰다. 그는 교육서 《에밀》을 출판하였으나 발매금지 처분으로 스위스에 피신하였고 영국의 철학자 흄의 초청으로 영국에 건너갔다. 다시 프랑스에 돌아왔으나 방랑과 변고와 고독 속에 사망하였다.

이성주의자 칸트조차 루소의 자유를 주장한 《에밀》을 읽다가 그의 산책을 지키지 않은 것으로 유명하다. 루소의 사상은 철저히 자유주의. 그는 자유를 훼손하는 모든 것을 거부하였다. 국가도 인간의 자유를 손상시켜서는 안 되며, 학교 또한 인간의 자유를 제한하면서 교육시키면 안 되는 열린 교육을 주장하였다. 그래서 그는 자유민주주의를 부르짖으며 절대 권력과 인위적인 학교교육을 비판하였다.

특히 국가는 국민의 뜻인 '일반의지'에 따라야 하며 만일 국가가 그것을 따르지 않으면 혁명을 통해 정부를 갈아 치울 수 있다는 혁명권 사상을 부르짖었다. 그래서 그는 프랑스 혁명에 지대한 영향을 끼친 사상가가 되었다.

대한민국 사람들이 일류대학과 일류학과를 위해 피 터지는 경쟁을 하는 것이다. 그로인해 사교육비는 나날이 치솟고 가난이 서민을 서럽게 하고 있다.

학교를 제대로 다니지 않았음에도 빼어난 융통성과 능력을 발휘하여 궤적을 남긴 사람이 있는 반면, 최고의 학력을 지니고서도 고지식하여 궤적은커녕 무능력으로 일관한 사람도 있다. 그러므로 잠자고 있는 자신의 재능을 일깨우는 것이 우선이다. 빌 게이츠처럼 자신의 능력을 발휘하기 위해 과감히 학력을 벗어던지는 용기가 필요하다는 것이다. 더욱이 우리나라가 좀 더 성숙한 사회로 나아가기 위해서는 학력보다는 능력을 중요시하는 사회로 탈바꿈해야 한다.

수학에 뛰어난 재능이 있으면 아인슈타인과 같은 과학자의 길을 가고, 사람을 다스리는 재주가 뛰어나면 칭기즈 칸과 같은 위대한 정치가가 되고, 감성적 지능이 뛰어나면 셰익스피어와 같은 문학가가 되고, 생물이나 자연을 좋아하는 사람은 파브르와 같은 과학자가 되고, 논리적이고 반성하는 능력이 뛰어난 사람은 공자와 같은 철학자가 되고, 창의적이면서 손재주가 좋은 사람은 에디슨과 같은 발명가가 되는 것이다.

세상에는 제대로 학교교육을 받지 않고도 세상으로부터 추앙받는 영웅들이 의외로 많다는 사실에 주목하자. 대표적으로 천하를 제패한 칭기즈 칸, 세상에 웃음을 준 찰리 채플린, 시민 혁명을 부르짖은 루소, 돈이 없어 대학을 갈 수 없었던 록펠러, 농사 일이 싫어 집을 가출한 현대그룹 창시자 정주영 등을 들 수 있다. 이들은 우리나라의 폐해 중 하나인 학벌 위주의 사회가 얼마나 위험한가를 여실히 보여준다.

인간관계를 활용하는 카네기 능력

한때 세계 최고 갑부였던 카네기 역시 마찬가지다. 그는 집안이 너무 가난하여 공부해야 할 어린 나이에 아침부터 밤늦게까지 일을 해야만 했다. 그 어려운 시절 카네기 집에 토끼가 새끼를 낳아 12마리나 되었다. 카네기는 집안을 돌보아야 하기 때문에 토끼에게 먹이를 줄 시간적 여유가 없었다.

그가 어떻게 먹이를 줄 것인가를 고민하고 있을 때, 마침 친구들이 놀러 왔다. 그때 카네기는 좋은 생각이 떠올랐다. 토끼에게 친구들의 이름을 붙여 주어 친구들이 관리하도록 한 것이다. 친구들은 토끼에게 자신의 이름을 붙여 주자 좋아하며 열심히 먹이를 갖다 주었다.

카네기의 첫 번째 거래는 대성공이었다. 그는 어릴 적부터 인간관계를 활용하여 자신의 문제를 해결하는 천재였다. 그는 자신이 원하는 것보다 상대방이 원하는 것이 무엇인지 파악하여 상대방의 장점을 살려 일을 하게 했을 뿐 아니라 항상 상대방의 자존심을 치켜세우는 방식으로 일을 했다. 그래서 언제나 그의 일은 대성공이었다.

이와 같은 카네기의 인간을 활용하는 뛰어난 능력은 그를 미국의 철강왕과 세계적인 갑부라는 반열에 서게 하는 밑거름이 되었다. 카네기의 묘비명에는 다음과 같이 쓰여 있다.

"여기 자기보다 더 능력 있는 사람들을 다루어 쓰는 기술을 터득한 사람이 잠들다."

이처럼 사람의 능력은 다양하다. 그러므로 자신의 재능을 다각적으로 검토해야 한다. 설령 공부에는 재주가 없어도 실망하지 말자. 특히 다른 사람은 잘 나가는데 자신만 뒤처진 것 같으면 자신이 하고 있는 일이 적성에 맞는지 검토해보아야 한다.

다른 사람이 잘 나간다고 해서 그 사람이 하는 일을 모방하려고만 해서는 안 된다. 자신이 하는 일과 다른 사람이 하는 일은 엄연히 다르다. 자신이 하고자 하면서도 재능이 있는 일을 찾아 자신만의 독특한 세계를 만들어가야 하는 것이다.

다른 사람과 대화하여 자화상을 그려라

그런데 자신을 알기가 어렵다. 한비자는 다음과 같이 말한다.

"지혜는 눈과 같아서 백 걸음 앞에 있는 것도 볼 수 있으나 정작자기의 눈썹은 볼 수 없다. 자기를 아는 것은 매우 중요하다. 자신을 아는 것이 자신을 구하는 첫걸음이다."

그럼 자신을 알기 위해 우리는 어떻게 해야 하는가? 자신을 알기위해서는 먼저 자기 자신과 마주하고 대화하는 것이 중요하다. 머리가 아프다거나 바쁘다는 핑계로 자신과의 대화를 피하면 자신이 누구인가를 알기 어렵다. 일정한 시간을 쪼개 자신과 대화하여 자신이 무엇을 진정으로 원하고 자신에게 어떤 재능이 있는지를 살펴보아야 한다. 그러면 어느 순간 자신의 실체와 만날 수 있다.

그리고 이런 과정에서 다른 사람을 통해 자기 자신을 객관적으로 이해하려고 노력해야 한다. 친한 사람이나 가족에게 자신이 어떻게 보이는지 살펴보고 자신을 정확히 진단해야 한다. 이렇게 자신이 본 자화상과 다른 사람이 본 자신의 이미지가 정확히 일치하는지를 비교해보고 자신의 실체를 규명해야 정확한 자신의 모습을 그릴 수 있다. 자신의 장점이 무엇이고 단점이 무엇인지를 정확히 알고 자신의 고유한 색깔을 찾아내야 하는 것이다.

그런데 어떤 사람들은 자신의 단점은 보지 못하고 장점만 보는 경우가 있다. 이런 사람은 실패할 확률이 매우 높다. 어떤 일을 할 때 단점을 보완하지 않으면 반드시 문제가 발생한다. 또한 어떤 사람은 자신의 장점보다는 단점만 보는 경향이 있다. 이런 사람은 자신의 세계를 전혀 구축할 수 없다. 자신의 능력을 믿지 못하니 다른 사람이 주는 밥에 만족해야 하거나 세상과의 소통을 하지 않고 자신의 울타리 안에 갇혀 힘든 삶을 살게 된다.

어찌 보면 자신의 색깔을 내면서 자신의 세계를 구축하는 것이야말로 인간이 살아가는 존재 이유라고 할 수 있다. 자신의 색깔을 내면서 세계를 구축하는 것은 자신에 대한 믿음과 존엄성에서 출발한다.

자신에 대한 믿음과 존엄성은 다른 사람이 부여하여 성립하는 것이 아니라 자기 스스로에 의해 이루어져야 한다. 자신은 반드시 나만의 그림을 그릴 수 있고 자신이 창조한 세계를 통해 다른 사람에게 새로운 세계를 보여주어야 한다고 생각하는 것이다.

돈으로 직업을 선택하지 마라

그런데 대다수 사람들은 자신에 대한 믿음과 존엄성이 별로 없다. 사람들은 장래 희망을 말할 때 재능보다는 현실적인 것을 먼저 고려한다. 자본주의로 인해 돈을 최고로 생각하는 실용적인 문화가 지배하기 때문이다. 그래서 사람들은 그 사람의 타고난 재능보다는 돈을 먼저 생각하고 미래를 결정하려는 습성이 생겼다.

그러나 아무리 금전적인 대우가 좋아도 자신이 하는 일에 끼나 흥미가 없다면 성공하기 어렵다. 중요한 것은 평생 자신의 일을 힘들어 하면서 '어떻게 하면 이 일을 그만둘 수 있을까'만 궁리하며 시간을 허비하게 될 거라는 사실이다.

돈을 벌려고 의사가 되었다면 과연 그 사람이 얼마나 많은 돈을 벌 수 있을까? 돈을 벌려고 의사가 된 사람은 의사로서 능력을 인정받기 어렵다. 의사로서 환자를 상대하기보다는 장사꾼으로서 환자를 상대하기 때문이다. 사람들이 바보가 아닌 이상 이런 행동은 금방 탄로가 난다. 그래서 역설적이게도 돈만 생각하는 의사는 오늘날과 같은 경쟁이 치열한 상황에서는 돈을 벌기가 쉽지 않다. 오히려 돈을 벌려면 사명감을 가지고 열심히 노력하는 의사가 되어야 한다.

그 뿐만이 아니다. 직업의 가치도 시대에 따라 변한다. 지금은 돈이 되는 직업이지만 나중에는 신통치 않은 직업이 되는 게 오늘날의 현실이다. 그러므로 재능보다도 돈을 직업선택의 기준으로 삼는 것은 위험하다.

지금 변호사로 개업한다고 하자. 옛날에는 문만 열면 돈이 되었지만 지금은 상황이 많이 달라졌다. 실제로도 봉급생활자보다 돈을 잘 버는 변호사가 그리 많지 않는 게 현실이다. 더욱이 인간의 가치는 돈으로 평가할 수 없다. 사람의 가치는 새로운 문화를 창조하는 데 진정한 의미가 있기 때문이다. 지금까지 그 누구도 하지 않는 일을 창조하는 것이야말로 돈으로 계산할 수 없는 가장 소중한 일인 것이다.

은박지에 그림을 그린 화가 이중섭

비운의 화가 이중섭을 봐라. 6·25가 일어나 먹고살 길이 막막한 상황에서도 그는 그림을 포기하지 않았다. 먹고살 길이 막막해지자, 그는 일본인 아내와 아이들을 일본으로 떠나보냈다. 홀로 남게 된 그는 끼니도 때우기 힘든 상황이었다. 그래서 물감과 종이를 구할 수 없었다.

하지만 그는 포기하지 않았다. 담배를 싼 은박지에 손톱으로 그림을 그리며 그리움과 외로움 그리고 예술에 대한 열정을 달랬다. 그는 가난과 고독 속에서도 철저히 자신이 하고자 하는 일에 충실했다. 그렇지만 그림은 제값에 팔리지 않았고 그는 가난과 고독을 극복하지 못한 채 41세라는 젊은 나이에 생을 마감하고 말았다. 비록 그의 삶은 시대적 아픔을 안고 가난 속에 살다 갔지만 훗날 그의 그림은 아름답게 피어났다. 그는 절망 속에서도 그의 끼를 유감없이 발휘하여 역사 속에 우뚝 선 화가가 된 것이다.

미치광이 취급받은 고흐

이처럼 재능이 있는 곳에 목적을 설정해야 큰 사람이 된다. 재능이 있는 사람은 자신의 일에 열정과 정열을 불사른다. 끼니는 걸러도 그림 그리기를 멈추지 않았던 이중섭의 열정은 인상파 화가인 반 고흐의 삶에서도 볼 수 있다. 고흐는 그림을 그리는데 몰두한 나머지 끼니조차 거르는 일이 빈번했다. 심지어는 그림을 그리다 쓰러지는 일도 있었다. 원래 먹을 것도 부족한 상황에서 제때 식사를 하지 않으니 기력이 쇠한 것이다. 그렇지만 이런 가난 속에서도 고흐는 그림 그리는 일을 멈추지 않았다.

그러한 고흐를 불행하게 한 이유 중 하나는 당시 사람들이 고흐의 그림에 대해 비판적이었다는 것이다. 지금은 그의 그림이 세계에서 가장 비싼 그림이지만, 그 당시에는 사람들로부터 거의 인정을 받지 못했다. 고흐 생전에 오직 단 한 장의 그림만 팔렸을 뿐이다. 가난은 평생 그를 따라다녔다. 결혼도 할 수 없었고, 돈이 없어 모델을 구할 수 없었기에 자화상과 자연을 그렸다.

그렇지만 그는 그림을 절대 놓지 않았고 끝까지 자신의 그림을 포기하지 않았다. 주위 사람들이 아무리 자신의 그림을 비난하고 미치광이 취급을 해도 자신이 그리는 독특한 방식을 고집하였다. 그래서 그는 시대를 뛰어넘는 위대한 화가로 환생할 수 있었다.

재능은 힘과 열정으로

큰 사람은 시대를 뛰어넘을 힘과 정열이 있는 위대한 영혼의 소유자들이다. 큰 사람은 어떤 어려움이 와도 그것을 고통으로만 생각하지 않는다. 그에게 그것은 당연히 넘어야 할 산으로밖에 보이지 않는다. 그래서 니체는 "항상 그대들이 원하는 것을 하라."고 했다. 그러면 어떤 어려움이 와도 현실과 타협하지 않고 자신의 능력을 고집스럽게 밀고 나갈 수 있다는 것이다.

그렇지만 보통 사람들은 자신의 재능을 발휘하기보다는 현실과 타협하여 적당히 살려고 한다. 하지만 지금은 적당히 사는 것이 더 위험한 세상이다. 너무나 경쟁이 치열하기 때문이다. 돈을 쫓는다고 해서 반드시 돈을 버는 것도 아니다. 세상은 '적당히'가 통하지 않는다. 아무리 좋은 직업도 적당히 해서는 오래 갈 수 없다. 언제든 나보다 능력 있는 경쟁자가 나타나기 때문이다.

경쟁이 치열할수록 끼가 없는 사람은 재능을 발휘할 수 없는데다가 열정과 정열이 없어 경쟁에서 밀리기 시작한다. 그래서 재능이 없고 끼가 없는 사람은 결국 좋은 학교나 직장을 가지고도 경쟁에 밀려 살아남을 수 없다.

반면에 끼 있는 사람은 자신의 열정을 쏟아 일을 하기 때문에 사막의 한복판에서도 살아남을 수 있다. 비록 당장은 알아주지 않고 대우가 좋지 않을 수도 있지만, 흥미를 가지고 자기 분야에 최선을 다하는 사람이 언젠가는 크게 꽃피우게 된다.

물론 사람들에게 재능이 알려지기까지는 많은 시간이 걸린다.

사람들이 하루아침에 천재들의 광기를 알아보기란 쉽지 않다. 그래서 천재들 중에는 이중섭이나 고흐처럼 고통스럽고 불행한 삶을 사는 사람도 있다. 하지만 대다수의 천재들은 당대의 사람들로부터 영웅 대우를 받고 산다. 그러므로 목적을 정할 때는 타고난 재능을 충분히 고려하여 선택해야 한다. 그것이 큰 사람이 되는 제일 조건이다.

멋진 인생을 만드는 '자신감'

일단 자신의 재능이 발견되면 그 재능을 믿는 것이 중요하다. 자신의 재능을 믿어야 자신감이 생겨나, 자신이 하고자 하는 일을 성취할 수 있다. 만일 자신의 재능을 스스로 의심한다면 어떤 일도 성취할 수 없다. 스스로 자신의 능력을 믿지 못하는 사람이 무엇을 자신 있게 할 수 있겠는가. 자신감이 부족한 사람은 하찮은 일조차 혼자서 할 수 없다.

그러므로 어떤 일을 성취하는 데 있어 자신감은 반드시 갖춰야 할 필수조건이다.

먼저 자신을 믿어라

사람들은 스스로 재능을 알면서도 자신의 재능을 믿지 못하는 경우가 많다. 분명 자신에게 재능이 있다고 생각하면서도 항상 자신이 잘 할 수 있을지 의심의 눈초리로 자신을 바라보는 것이다. '내가 그것을 어떻게 하지?' 라는 생각을 떨쳐 버리지 못하고 자신의 재능을 비하한다. 그래서 할 수 있는 능력이 있음에도 불구하고, 스스로 자신을 무능력자라고 낙인찍는다.

자기 스스로를 나약한 인간으로 단정하는 것은 스스로를 불행으로 빠뜨리는 재앙이다. 설령 재능이 있어도 그 재능이 사회통념상 인정받지 못하는 것이라면, 자신의 재능을 쉽게 포기하고 사회적으로 인정받는 직업을 선택하려고 한다. 인기 있는 학과에 몰리는 현상이 바로 이런 경우이다.

자신을 믿지 못하는 사람은 무엇 하나 제대로 할 수 없다. 일을 하기도 전에 스스로가 할 수 없다고 속단하기 때문이다. 자신에 대한 이런 섣부른 속단은 스스로를 무능한 인간으로 낙인찍는 행위이다. 스스로 무능하다고 생각하는 사람은 정말로 아무것도 할 수 없게 된다.

로마의 영웅 카이사르는 해적에게 잡혔을 때 어떻게 했는가? 그때는 아직 그의 입지가 다져지지 않았을 때였다. 특히 최고의 자리에 오르려 낸 빚에 쪼들리고 있을 때였다. 그는 빚으로인한 송사에 휘말리지 않고 도피하기 위해 그리스로 떠났다. 그러나 불행하게도 해적들에게 붙잡히고 말았다. 해적들은 몸값을 요구했다. 해적

들이 카이사르에게 몸값으로 20달란트(그 당시 병사 4천 명을 모을 수 있는 돈)를 요구하자 카이사르는 가소롭다는 듯 너털웃음을 터 트렸다. 그리고 해적들에게 큰 소리로 말했다.

"너희들이 누굴 인질로 잡았는지를 모르는구나! 내 몸값이 겨우 20달란트라니!"

그러고는 자신의 몸값을 50달란트로 올렸다. 몸값을 두 배 반이나 올린 것이다. 보통 사람으로는 이해할 수 없는 행동이었다.

여기서 우리는 카이사르가 자신의 자부심이 대단한 사람이라는 것을 알 수 있다. 그는 아직은 미완이지만 조만간에 자신은 최고의 군인이요, 정치가가 될 수 있는 사람이라고 생각하였다. 그래서 해 적들에게 큰소리치면서 자신의 몸값을 올렸던 것이다.

어떤 일을 달성하기 위해서는 카이사르처럼 자신에 대한 자부심 이 있어야 한다. 이런 자부심은 자신감으로 이어져 반드시 자신이 하고자 하는 일을 성취할 수 있는 원동력이 된다. 다시 말해 자신 에 대한 자부심이야말로 자신감의 원천인 셈이다.

자신감을 강조한 링컨

미국의 16대 대통령이었던 링컨의 어린 시절 이야기는 자신감 이 얼마나 중요한가를 일깨워준다.

링컨의 어린 시절, 그의 아버지는 거의 돌밭이나 다름없는 한 농 장을 헐값으로 사들였다. 링컨의 어머니는 아버지께 농장에 있는 돌덩이들을 모두 치워 버리자고 하였다. 그러자 아버지는 한사코 반대하였다. 옮길 수 있는 돌이었으면 전 주인이 벌써 옮겼을 거라는 이유였다.

그러던 어느 날, 아버지가 말을 사러 먼 길을 떠났다. 때마침 링컨 형제를 데리고 농장에 일하러 갔던 어머니는 농장에 있는 돌덩이들을 모두 치워 버리자고 하였다. 결국 어머니와 형제들은 그리 오래 걸리지 않아 농장에 있는 돌덩이들을 모두 치워 버렸다. 그것들은 겨우 30cm만 파내려 가도 쉽게 옮길 수 있는 돌덩이들이었다.

링컨은 이 일을 회상하며 이런 말을 덧붙였다.

"어떤 일을 할 때 아예 시작도 하지 않고 불가능하다고 생각하여 일찌감치 포기하려는 사람들이 있다. 하지만 대다수의 경우 불가능은 인간의 머릿속에서부터 만들어진다."

결국 링컨의 아버지가 돌을 치울 수 없다고 생각한 것은 불가능하다는 그의 부정적 생각 때문이다. 만일 그가 할 수 없다는 부정적 생각 대신에 할 수 있다는 긍정적 생각을 했다면 언제든 돌을 치울 수 있었다. 그런데 지나치게 할 수 없다는 부정적인 신념을 가졌기 때문에 그 일을 할 수 없었던 것이다.

나폴레옹 역시 자신감의 화신이었다. 그는 "내 사전엔 불가능이란 없다."고 단언하였다. 그는 이런 자신감을 통해 일개 시골뜨기에서 일약 황제가 될 수 있었다.

그런데 주위에 많은 사람들은 이미 "난 할 수 없어."라는 패배의식에 사로잡혀 있다. 특히 공부를 하지 못하는 학생들일수록 더욱이런 의식이 강하다. 학교에서는 인지 능력이 그 사람의 전부라고 평가하기 때문이다. 그러나 대우그룹 창업자인 김우중 전 회장이 말한 것처럼 "세상은 넓고 할 일은 많다." 그렇기 때문에 설령 공부를 하지 못한다고 해도 기 죽을 필요는 없다. 학교 공부는 하지 못하더라도 자신이 재능이 있는 분야의 능력을 키우면서 항상 "나는 할 수 있다."는 자신감을 가지고 세상에 임해야 한다.

자만심이 아닌 자신감을 가져라

자신감이 큰일을 하는데 중요한 이유는 일을 시작함에 있어 긍정적인 생각을 하도록 한다는 것이다. 자신감이 없으면 부정적인 생각이 들어 일을 할까 말까 망설이지만, 자신감이 있으면 긍정적인 마음을 갖고 일을 강력하게 밀어 붙일 수 있다. 그래서 사람들이 불가능하게 생각하는 일조차 가능하게 만드는 것이다.

물론 자신감이 모든 일을 성공시키는 것은 아니다. 오히려 지나친 자신감, 즉 자만심 때문에 망하는 경우도 있다. 자만심이 생기면 일을 쉽게 생각하고 너무 안일하게 대처하게 된다. 어떤 일이든 꼼꼼히 따져 사소한 것까지 챙겨야 함에도 불구하고 자만심에 빠져 안일하게 대처하다 망하는 것이다.

삼국지에 등장하는 영웅 중 한 사람인 조조가 적벽대전에서 왜 그토록 처절하게 패배했는가?

자신감이 넘친 그는 싸움도 하기 전에 승리감에 빠져 있었다. 그래서 화염을 써서 불바다로 만들어야 한다는 방통의 계략을 믿고 배를 꽁꽁 묶어 놓는 어리석은 행동을 했을 뿐 아니라, 남동풍이 불어 자신의 배를 모두 불바다로 만들 것이라는 생각은 미처 하지 못했다. 다른 책사가 이런 위험성을 경고했음에도 불구하고 조조 는 자만심에 빠져 그냥 흘려버리고 말았다. 그리고는 곧 승리가 눈 앞에 펼쳐질 것으로 생각하고 축배까지 들었다.

그러나 결과는 참담하였다. 조조는 결국 오나라 주유의 화공과 제갈공명의 계략에 넘어가 배뿐만 아니라 군사의 태반을 물귀신으 로 만들었다. 그 자신조차 도망치는 길목을 지키고 있는 관우에게 사로잡혀 삶을 구걸하는 신세가 되고 말았다. 그래서 자만심은 금 물이라는 것이다.

자만심이 없어도 누구나 한번쯤은 실패를 하기 마련이다. 아무 리 준비를 철저히 해도 세상에는 생각지도 못한 변수들이 많다. 우 리나라에 외환위기가 찾아왔을 때, 많은 사람들이 열심히 살았음 에도 부도의 쓴 맛을 경험하였다. 그 누구도 외환위기가 오리라고 는 예측하지 못했기 때문이다. 그렇지만 자신감이 있는 사람은 실 패를 실패라고 생각하지 않는다. 오히려 그들은 실패를 고마운 경 험으로 받아들여, 그것을 성공의 발판으로 삼아 다시 일어선다.

시련은 있어도 실패는 없다는 정주영

우리나라 현대그룹을 일으킨 고 정주영 회장은 "시련은 있을지 언정 실패는 없다."고 하였다. 그는 왜 이런 말을 하게 되었는가?

그는 현대그룹을 키워오면서 파산직전까지 갔던 적이 한두 번이 아니었다. 하지만 그럴 때마다 자신감과 긍정적인 생각으로 어려움을 극복하려고 하였다. 그는 아무리 어려움이 닥쳐도 자신감을 갖고 긍정적으로 생각하면 언제든 다시 일어날 수 있다고 생각하였다. 그는 어려울 때마다 다음과 같은 말을 되뇌며 더욱 당차게 일어섰다.

"이것은 시련이지 실패는 아니다. 내가 실패라고 생각하지 않는 한 이것은 실패가 아니다. 내가 살아 있는 한 실패는 없다. 내가 살아 있고 건강이 허락한 한, 나한테 시련은 있을지언정 실패는 없다. 낙관하자. 긍정적으로 생각하자."

그는 이런 긍정적 사고와 자신감으로 달랑 백사장 사진 한 장으로 배 두 척의 주문을 받아오는 쾌거를 이룩한다. 막상 조선 사업에 뛰어들었지만 돈이 없었던 그는 돈을 빌려야 하는 상황이었다. 그는 영국의 은행을 찾아가 돈을 빌리려 하였다. 그 당시 우리나라는 돈이 없었기에 금융업이 발달한 영국으로 갔던 것이다. 그런데 영국 은행은 수주 실적이 있어야 대출이 가능하다고 하였다. 그의 손에 들려 있는 것은 황량한 바닷가에 소나무 몇 그루와 초가집 몇 채가 있는 초라한 백사장을 찍은 사진이 전부였다. 그는 그 사진을 들고 '봉이 김선달'이 되어 선박 회사를 찾아 다녔다.

"당신이 배를 사주면 은행에서 돈을 빌려 조선소를 건립한 뒤에 배를 만들어주겠소."

마침내 그는 26만 톤급 배 두 척을 수주하는데 성공하였다. 그의 자신감과 긍정적인 마음이 오늘날 세계 최고의 조선소인 현대중공업을 건립하는 신화를 일구어냈던 것이다.

자신감 하나로 세계를 정복한 칭기즈 칸

인류 역사상 가장 넓은 땅을 정복했던 칭기즈 칸 역시 자신감으로 똘똘 뭉친 사나이 중에 사나이었다. 그는 실패를 전혀 두려워하지 않았다. 설령 실패를 해도 도전하지 않는 것보다 낫다고 생각하여 도전을 두려워하지 않았다. 그에게는 삶 자체가 하나의 모험이고 도전이었다.

그는 실패를 자신을 반성하고 깨닫게 하여 사람들을 성숙하게 하는 큰 계기라고 생각하였다. 그래서 그는 아무리 힘들고 어려워도 남의 탓을 하지 말고 스스로 극복하는 강한 인간이 되라고 다음과 같이 말했다.

집안이 나쁘다고 탓하지 말라.
나는 아홉 살 때 아버지를 잃고 마을에서 쫓겨났다.

가난하다고 말하지 말라.
나는 들쥐를 잡아먹으며 연명했고,
목숨을 건 전쟁이 내 직업이었고, 내 일이었다.

작은 나라에서 태어났다고 말하지 말라.
그림자 말고는 친구도 없고 병사로만 10만.
백성은 어린애, 노인까지 합쳐 2백만도 되지 않았다.

배운 게 없다고, 힘이 없다고 탓하지 말라.
나는 내 이름도 쓸 줄 몰랐으나
남의 말에 귀 기울이면서
현명해지는 법을 배웠다.

너무 막막하다고,
그래서 포기해야겠다고 말하지 말라.
나는 목에 칼을 쓰고도 탈출했고,
뺨에 화살을 맞고 죽었다 살아나기도 했다.

적은 밖에 있는 것이 아니라 내 안에 있었다.
나는 내게 거추장스러운 것은 깡그리 쓸어 버렸다.
나를 극복하는 그 순간 나는 칭기즈 칸이 되었다.

그는 살아남기 위해서는 강한 인간이 되어야 한다고 생각했다. 그는 어린 시절, 추장인 아버지가 갑자기 살해되자 고향에서 쫓겨났고, 오랫동안 허허벌판에서 헐벗고 굶주리다가 살기 위해 전쟁을 했고 승리했다.

그리고 작은 나라라고 깔보는 나라를 정복하여 대국으로 만들었으며, 배우지 못한 것을 탓하지 않고 다른 사람의 말에 열심히 귀를 기울여 지혜를 얻었다. 그리고 그는 자신감으로 철저히 무장하여 자신의 마음속에 들어 있는 부정적인 생각을 깡그리 없애 버려 마침내 세계의 황제가 되었다.

그는 군사들이 자신감을 갖고 전쟁을 수행할 수 있도록 자신의 군사들에게 부정적인 생각을 엄히 금했다. 그는 군사들로 하여금 죽음, 부상, 패배와 같은 말을 철저히 입에 담지 못하게 하였다. 반면에 그는 모든 몽골 군인들을 불사신으로 생각하게 하여 어떤 싸움에서도 자신감을 갖고 싸우게 했다. 그가 죽을 고비를 넘기며 천하를 손에 쥔 것도 바로 이런 자신감의 발로이며 부정적인 생각을 없애 버린 결과였다.

보통 사람이 칭기즈 칸이 처한 상황에 놓이면 십중팔구 세상을 탓하며 좌절했을 것이다. 세상 탓을 하는 사람들은 알고 보면 자신의 능력을 포기한 운명론자들이다. 운명론자들은 인생이 자신에 의해 창조된다는 사실을 애써 부인한다. 인생은 개척되는 것인데도 불구하고 세상을 탓하며 인생을 방치하는 것이다.

그러나 인생은 결정된 게 아무것도 없다. 때로는 힘들고 고통스럽지만 그것을 이겨내고 멋지게 가꾸려고 노력해야 한다. 칭기즈 칸 같은 진취적인 사람들은 죽음을 목전에 두고도 좌절하지 않고 그것을 꿋꿋하게 이겨낸 인생 개척자들이다.

역경 속에서도 자신감을 가지고 살아갔기 때문에 그는 어려운 난관을 뚫고 세상에서 가장 큰 땅을 차지한 사나이로 역사 속의 인물이 될 수 있었다.

자신감은 어디에서 오는가

그렇다면 앞에서 말한 이들의 자신감은 어디에서 시작되었을까? 그것은 모든 문제를 스스로 해결하지 않으면 안 되었던 그들의 어린 시절에서 찾을 수 있다. 정주영 회장은 농사짓기가 싫어 가출하였다. 그는 배 삯이 없어 뱃사공에게 따귀를 맞아가며 배짱과 자신감을 키웠다. 칭기즈 칸 역시 어린 시절 자신의 유일한 보호자인 아버지를 잃고 사람들로부터 완전히 버림받았다.

그렇지만 그들은 인생을 포기하지 않았고 희망의 끈을 놓지 않았다. 오히려 어려우면 어려울수록 자신을 수련하고 단련하여 더 강하게 만들었다. 그래서 한 사람은 대한민국 최고의 기업을 만들었고, 한 사람은 세계를 정복할 수 있었다.

이것을 볼 때, 독립심이 인간을 강하게 만들고 어떤 악조건에서도 그것을 극복할 수 있다는 자신감을 강화시킨다는 사실을 알 수 있다. 가난은 인생의 장애물이라고 할 수 없다. 그것은 자신의 노력여하에 따라 극복될 수 있을 뿐 아니라 사람을 강하게 만들어, 어떤 난관이 와도 자신 있게 뚫고 나갈 수 있는 기회를 제공한다. 정주영뿐만 아니라 세계적인 갑부였던 카네기나 록펠러 모두 어린 시절 가난으로 시달림을 받은 사람들이다.

대부분의 가난한 사람들은 가난이 자신의 앞길을 막는 장애물이라고만 생각한다. 가난 때문에 아무것도 할 수 없다고 푸념만 늘어놓는다. 다시 말해 가난한 사람들은 스스로 자신의 야심을 죽이고 남 밑에서 비굴하게 사는 쪽을 택한다. 그러면서 가난을 원망하고 하늘을 원망한다. 그래서 가난이 대물림 되는 악순환에 빠지는 것이다.

하지만 역사적 인물들 중에는 가난 속에서도 인생을 꽃피운 이들이 많다. 그들은 가난을 핑계 삼아 자신의 일을 포기하지 않았다. 그들은 어려운 여건 속에서도 기회를 스스로 만들었다. 주어진 운명에 포기하거나 안주하지 않고 그것을 이겨내기 위해 더 많은 노력을 하여 최고의 지위까지 오르게 된 것이다.

정주영 회장이 신용 하나로 쌀가게를 넘겨받게 된 이유가 뭘까? 쌀가게 주인에게는 정주영 회장과 동갑내기 아들이 있었다. 하지만 그 아들은 부모의 재산을 믿고 가게 일에는 전혀 신경을 쓰지 않는, 술과 여자만 밝히는 사람이었다. 집을 나와 아무도 의지할 수 없었던 정주영 회장은 밤낮으로 일을 해가며 주인으로부터 신임을 얻게 되었다.

한편 쌀가게 주인은 만주까지 돌아다니며 가산을 탕진하는 아들 때문에 삶의 의욕을 상실하였다. 그래서 평소 성실했던 정주영 회장에게 쌀가게를 넘겨주었다. 그는 자본금 하나 없이 오직 신용 하나로 일개 배달꾼에서 쌀가게 주인으로 초고속 승진을 이룩한 것이다.

이처럼 가난이나 어려움은 자신을 단련시켜 세상을 이길 수 있다는 자신감을 심어 주는 요인으로 작용한다. 반대로 풍요롭고 안락한 생활은 고통을 피하고 향락에 젖게 만들어 실패한 인생을 만드는 요인이 된다.

세계 금융을 휘어잡고 있는 유대인들이 자식들에게 돈 한 푼 남

겨 주지 않는 이유도 바로 여기에 있다. 그들은 무일푼에서 시작해야 큰돈을 벌 수 있다고 생각한다. 이 점이 우리와 다르다. 우리나라 사람들은 재벌부터 시작하여 일반인까지 자식에게 돈을 못 주어서 야단이다. 그러나 유대인은 철저히 무일푼 원칙을 고수한다. 그들은 돈이 없어야 머리를 짜내 돈을 번다고 생각한다.

특히 큰돈을 벌려면 아직 누구도 하지 않은 일을 해야 한다고 생각한다. 지금까지 남들이 한 일을 갖고 성공한다는 것은 경쟁이 치열하여 결코 쉬운 일이 아니다. 그래서 유대인들은 남들이 한 일은 쳐다보지도 않고 지금까지 누구도 하지 않은 일이나 아직 성공하지 못하고 실패한 일들을 헐값에 매입하여 승부를 건다.

그리고 유대인들은 돈이 있으면 헛생각을 한다고 생각한다. 특히 자신이 벌지 않은 돈은 바로 눈 먼 돈이라고 생각한다. 부자가 3대를 못 가고 로또 복권에 당첨 되어도 결국 파산하는 것도 바로 이런 이유이다. 그래서 유대인들은 자식들에게 절대 재산을 물려주지 않는다. 자신의 밥그릇은 철저히 자신이 챙겨야 하는 것이 유대인의 삶의 냉혹한 법칙이다.

자식들을 감싸고도는 부모들

그런데 지금과 같이 부모가 아이들을 감싸고 기르면 어떻게 되겠는가? 이런 아이들은 독립심이 없어, 커서도 부모에게 의존하려고 할 뿐만 아니라 일에 힘쓰기보다는 편안하고 안락한 생활을 먼저 추구한다.

특히 돈으로 키운 아이들은 이런 경향이 더욱 강하다. 돈이면 모든 것이 해결된다고 생각하며 부모의 품속에서 자란 아이들은 세상이 어려워지면 사회적 고통을 이겨낼 수 있는 면역력이 없어 그대로 주저앉고 만다. 지금 청소년들의 자살이 많은 것도 고통을 이겨낼 수 있는 면역력이 부족하기 때문이다. 부모들은 자식들이 고생하지 않게 하려고 어린 시절부터 자식들을 감싸고돈다.

그러나 그것은 자식들에게 미래에 올 역경을 극복하게 하는 힘을 길러주기보다는 오히려 역경에 노출시키는 것이 된다. 그런데도 부모들은 자식에 대한 맹목적인 사랑에 눈이 멀어 홀로 설 수 있는 기회를 박탈한다. 하나에서 열까지 아이들은 부모들의 간섭을 받거나 통제를 받고 자란다. 부모들은 자식들에게 자신의 인생을 일찍부터 포기하게 만든다.

아이들이 부모들의 과보호에 의해 스스로 인생을 설계할 수 없게 되면 이런 아이들이 어른이 되었을 때 스스로 무엇을 할 수 있을까?

현명한 부모라면 자식들에게 사랑을 무분별하게 쏟아 부어서는 안 된다. 공자의 주장처럼 옳고 그름을 분별하는 합리적인 사랑을 해야 한다. 무분별한 사랑은 자식들에게 안락함을 좋아하게 하고 망나니처럼 행동하게 한다. 자식들이 분별력을 가지고 바르게 클 수 있도록 해야 한다.

오늘날 분별력이 없이 철부지처럼 자란 아이들의 태반은 거의 부모들의 잘못된 사랑으로 빚어졌다고 해도 과언이 아니다. 이런 사태를 방지하기 위해서는 부모들의 사랑부터 바로 서야 한다.

그리고 자식들이 부모에게 의존하지 않고 모든 일을 자신이 스스로 설계할 수 있도록 해야 한다.《성공하는 10대들의 7가지 습관》으로 유명한 숀 코비가 성공하는 습관의 첫 번째로 꼽은 것 역시 모든 일을 자기 주도로 하는 것이다. 자기 주도적이지 않은 사람은 혼자서는 무엇 하나 제대로 할 수 없다. 그래서 그는 모든 일은 스스로 하는 것이 가장 중요하다고 생각하였다. 스티븐 코비의 《성공하는 사람들의 7가지 습관》은 다음과 같다.

습관 1, 주도적이 되라.
습관 2, 목표를 확립하고 행동하라.
습관 3, 소중한 것부터 먼저 하라.
습관 4, 상호 이익을 추구하라.
습관 5, 경청한 다음 이해시켜라.
습관 6, 시너지를 활용하라.
습관 7, 심신을 단련하라.

TIPS

공자 BC551~479

그는 기원전 551년 노나라 창평에서 태어났다. 공자의 선조는 송 공족이었는데, 송나라는 주 이전의 왕묘인 상의 후예국이었다. 공자의 가문은 정치적 분쟁으로 말미암아 공자가 태어나기 이전에 관직을 잃고 노나라로 이주하였다. 공자의 생애에 대해 사마천의 《사기》에서는 다음과 같이 설명하고 있다.

"공자는 어렸을 적에 가난하였으나 노나라의 관직에 투신하여 50세 때에는 높은 관직에까지 등용되었다고 한다. 그러나 정치적 모략으로 그 관직을 사퇴하지 않을 수 없었으며, 그후 13년간 공자는 항상 정치적·사회적 개혁의 이상을 실현하려고 각국을 순회하였으나 어느 나라에서도 성공하지 못하였고 결국 말년에는 노나라에 돌아왔다. 그리고 돌아온 지 3년 만인 기원전 479년에 세상을 떠났다."

공자는 무엇보다도 인간이 해야 할 도리를 강조했다. 공자는 그것을 인(仁)이라 하고 그것을 실천하는 구체적인 방법을 설파하였다. 맹자는 공자의 이런 사상을 성선설에 입각하여 좀 더 체계화시켰고 이것이 우주론과 결합하여 뒷날 성리학과 양명학으로 발전한다.

자신을 이겨라

자신감을 갖기 위해서는 먼저 자신부터 이겨내야 한다. 사람들은 편안하고 안락한 것을 좋아한다. 특히 풍족하게 자란 아이들은 더욱 그렇다. 그래서 문명이 발달하면 할수록 사람들은 자신을 극복하는 게 더욱 어려워진다. 대부분의 사람들은 자신도 모르는 사이에 욕구의 노예로 전락하고 만다.

자신을 극복하지 못하면 아무것도 이룰 수 없다. 허약하고 나약한 자신을 극복할 수 있을 있을 때에야 비로소 무슨 일이든 시작할 수 있다. 그 자신감으로 세상의 모든 역경을 극복하고 희망의 불씨를 지펴 삶을 충만하게 할 수 있다.

니체는 "나의 가장 큰 장점은 자기극복이다. 나는 그것을 가장 필요로 한다. 나는 불꽃처럼 스스로를 불사르고 있다. 내가 붙잡는 것은 빛이 되리라. 내가 버리는 것은 어둠이 되리라. 진정 나는 진정한 불꽃이 되리라."고 말한다. 그에게 초인이란 철저히 자신을 극복하는 사람이며, 더 나아가 자신의 이상을 실현하는 사람이다. 니체의 말처럼, 우리가 초인이 되기 위해서는 자신감으로 똘똘 뭉쳐 스스로를 극복해야 한다.

《법구경》에는 이렇게 적혀 있다.

"적군 천만 명 무찌르기보다 자기 자신을 이겨야 진정한 승리자다."

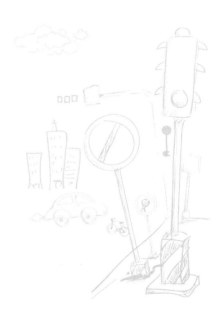

솜씨 있는 '지혜'

지혜는 전통적으로 동양이나 서양에서 꼭 지녀야 할 덕으로 보았다. 지혜롭지 못하면 목적한 바를 성공적으로 수행할 수 없다. 그래서 동서양을 막론하고 목적한 바를 이루기 위해서는 무엇보다도 지혜로워야 한다고 강조한다.

지혜는 단순히 아는 것이 아니다. 아는 것을 상황에 맞게 적절히 사용할 수 있는 능력까지를 포함하는 것이 바로 지혜이다. 그래서 지혜가 있어야 정확히 현실을 진단하고 판단하여 자신이 목적한 바를 이룰 수 있다.

어리석으면 불행해지는 이유

석가모니는 인간 불행의 근본에는 항상 어리석음이 도사리고 있다고 하였다. 왜 어리석으면 불행해질까? 첫째, 어리석으면 실현 가능성이 없는 목적을 추구한다. 사람들은 버릇처럼 '돈', '돈' 한다. 그렇지만 '돈', '돈' 한다고 하여 돈을 벌 수 있을까? 아무리 자신감과 긍정적인 마음을 가지고 돈을 벌려고 해도, 어리석은 사람은 돈을 벌 수 없다.

물론 자신감과 긍정적인 마음을 가지는 것도 중요하다. 그렇지만 그것도 실현 가능한 일일 때 타당성을 갖는다. 그런데 많은 사람들이 돈 때문에 연금술사가 되기를 희망하거나 로또복권에 당첨되기를 희망한다.

아무리 자신감과 긍정적인 마음을 가진다 해도 연금술사가 되거나 로또복권에 당첨될 확률은 거의 없다. 돈 때문에 무언가에 집착하는 것은 오히려 실패를 자초하게 된다. 그것은 헛된 욕심이고 그 허황된 꿈으로 인해 스스로 불행해질 수 있다.

《법구경》에는 다음과 같이 적혀 있다.

"지혜의 눈이 흐린 사람은 애욕에 빠지고 싸움을 즐긴다. 지혜의 눈이 밝은 사람은 근신하기를 보물처럼 지켜 나간다."

눈앞 이익에 눈먼 여포의 최후

《삼국지》에 나오는 천하의 명장 여포가 바로 지혜의 눈이 먼 사람이다. 그 당시 영웅호걸 중 누구도 여포를 혼자서 상대할 자가 없

석가모니 BC563~483

지금으로부터 약 2500년 전 인도의 석가족의 정반왕과 마야부인 사이에 왕자로 태어났다. 석가모니는 태어난 지 7일 만에 어머니를 여의고, 이모에 의해 양육되었다. 16세에는 결혼을 하여 아들을 두기도 하였다. 하지만 그는 성문 밖으로 나가 병든 사람이 괴로워하는 모습과 죽은 사람을 보고, 인생의 대해 깊이 생각하게 된다. 그래서 29세 때에 성을 나와 진리를 찾아 모든 것을 버리고 고행의 길을 떠났다.

오랫동안의 고행과 수도에도 진리를 깨우치지 못하였다. 고행을 하니 몸이 쇠약해져 병만 들어갔다. 그래서 그는 몸을 보전하면서 수행하기로 마음먹었다. 그러던 어느 날 보리수나무 밑에서 큰 깨달음을 얻어 부처가 된다. 그는 인간을 괴롭게 하는 모든 것이 밖에 있는 것이 아니라 자기 마음속에 있다는 사실을 깨달았다. 그후 그는 깨달음을 전파하였고 제자들이 구름처럼 모여들었다. 제자들과 함께 중생들의 괴로움을 덜어 주기 위한 설법을 베풀어 불교를 널리 퍼트리다가 80의 나이에 세상을 떠났다.

불교는 인생을 고통으로 보는데, 그것은 만물 유전사상과 인연 연기사상에 근거하고 있다. 생·로·병·사가 보여주듯 인생은 흐르고 흐르는 것이다. 뿐만 아니라 모든 것들은 인연과 인연의 끈으로 맺어져 있다. 그런데도 사람들은 이러한 사실들을 깨닫지 못하고 소유에 집착하고 스스로를 불행의 구렁텅이로 빠뜨린다. 어리석음이 화를 자초하는 것이다.

진정한 깨달음은 인생이 고달프고 만물이 서로 인연과 인연의 끈으로 맺어져 있다는 사실을 깨닫는 것이다. 그리고 그 깨달음을 실천할 때 누구나 부처가 될 수 있다. 그 깨달음의 실천은 바로 자비이다. 자기 욕심이나 욕망에 집착하지 않고 작은 미물까지도 사랑하는 자비의 정신이야말로 우주가 하나가 될 수 있는 유기체적 사고방식의 시조이다.

었다. 그만큼 타고난 명장이었지만 여포는 눈앞의 이익을 탐하다가 젊은 나이에 죽게 된다.

원래 여포는 정원의 양아들이었다. 동탁이 황제를 비호한다는 미명 아래 권력을 농간하자, 정원은 그런 동탁을 심하게 나무라며 동탁을 치려고 하였다. 처음 싸움에서 동탁은 여지없이 패하고 말았다. 정원의 뒤에 여포가 버티고 있었기 때문이다. 동탁은 여포가 정원 곁에 있는 한 싸움에서 이길 수 없다고 생각하고 여포를 매수하려고 마음먹었다. 동탁은 여포의 어린 시절 친구였던 이숙에게 적토마와 금은보화를 잔뜩 보내 여포를 떠 보았다. 여포는 적토마와 금은보화에 군침을 삼키며 자신을 키워준 양아버지 정원을 죽이고 동탁의 양아들이 되었다.

여포의 배신은 여기서 끝나지 않는다. 왕윤이 황제를 능멸하는 동탁과 여포를 제거하기 위해 쓴 미인계에 걸려든 것이다. 왕윤은 자신의 양녀처럼 키워온 절세미인 초선을 미끼로 여포에게 동탁을 제거할 것을 주문한다. 초선에게 빠진 여포는 마침내 동탁을 죽이고 초선을 취한다. 여포는 초선의 미모에 넘어가 또 다시 배신자가 된 것이다.

그러나 불행히도 왕윤도 얼마 가지 못한다. 왕윤이 너무 동탁의 잔당을 가혹하게 처벌하려 하자 죽기 아니면 살기로 덤비는 동탁의 잔당들에게 왕윤은 허망하게 무너지고 말았다. 왕윤이 무너지자 여포 또한 갈 곳이 없었다. 배신자라는 낙인이 찍혀 다른 제후들이 그를 쉽게 받아들이지 않았다. 그래도 따뜻하게 받아 준 사람은 다름 아닌 유비였다. 관우와 장비는 배신자를 받아주어서는 안 된다고 말렸지만 유비는 자신을 찾아온 사람을 거부할 수 없다며 여포를 융숭하게 대접하며 받아준다.

하지만 여포는 얼마 가지 못해 자신을 따뜻하게 받아준 유비가 출정하는 틈을 타 유비의 서주성을 차지한다. 본거지를 뺏긴 유비는 조조에게 의지하고 당시 큰 세력으로 성장한 조조와 합심하여 여포를 치기로 마음먹는다. 결국 천하의 여포도 유비와 합심한 조조에게 포로가 된다.

여포는 조조와 유비가 점점 포위망을 좁혀 와도 충신의 말을 전혀 듣지 않고 오히려 주색에 빠져 헤어나지 못했다. 또한 부하들을 너무나 가혹하게 다루어 그 부하 장수들이 여포를 사로잡아 조조에게 바쳤다. 여포는 포로가 되어서도 자신의 잘못을 반성하기는커녕 유비와 조조에게 번갈아 가며 살려달라고 애원했다. 유비와 조조는 한 번 배신자는 영원한 배신자라는 생각에 뒤도 돌아보지 않고 여포의 목을 치게 한다. 여포는 출중한 무예를 가졌지만 자신의 큰 포부를 제대로 펴보지도 못하고 배신자라는 오명을 쓰고 저세상으로 가게 된 것이다.

여포는 결국 어리석어서 죽게 된 것이다. 그는 최고의 맹장이기는 하였지만 황금과 적토마에 눈이 멀어 자신을 키어준 양아버지를 죽였고, 여자에 눈이 멀어 정치적 대부 동탁을 죽였다. 그리고 오갈 데 없는 자신을 받아준 유비를 배신함으로써 더 이상 설 땅이 없었다. 눈앞에 이익에 눈이 먼 나머지 그의 푸른 꿈은 물거품이 되었다.

큰 목표를 가진 사람은 여포처럼 사소한 욕심에 연연해서는 안

벤담1784~1832

유복한 변호사의 아들로 태어났다. 법률가의 집안에서 태어났기 때문에 법률가로 성장하는 것이 기정사실화 되었다. 그는 옥스퍼드대학을 15세에 합격한 천재였다. 그는 대학을 졸업한 뒤, 군주제와 귀족원의 폐지를 호소하기 위해 《웨스터민스터 평론》을 출간한다. 그리고 그는 아버지의 말에 따라 법의 실무보다 법 비평을 하게 되었고 평생을 법 비평가로 살았다.

그는 인간은 쾌락을 추구하고 고통을 피한다는 인간 심리와 인간은 고통을 덜고 쾌락을 최대화한다는 도덕 이론을 결합하여 "최대 다수 최대 행복"이라는 공리주의를 주장하였다. 즉 행복의 총합이 가장 많은 것을 선택하여 행동해야 한다는 것이다. 쾌락의 양을 중요시한다 하여 그를 '양적 공리주의자'라고 한다. 그리고 그는 그것이 모든 도덕과 입법의 기초 원리라고 생각하였다.

된다. 현대 사회가 아무리 이익 사회라 해도 세상은 혼자서 사는 것이 아니다. '최대 다수 최대 행복'을 주장한 공리주의자들의 주장처럼, 자신의 이익도 중요하지만 다른 사람의 이익도 생각해야 한다. 여포처럼 자신의 이익을 위해 다른 사람을 해한다면 그것은 오래갈 수 없다. 여포와 같은 이기적인 사람은 아무리 능력이 있어도 그 누구도 가까이 하려 하지 않기 때문이다. 그래서 큰일을 하기 위해서는 작은 것에 연연해 하지 말고 자신이 추구한 바를 끝까지 유지해야 한다.

둘째, 어리석으면 적절한 시기와 방법을 몰라 실패하게 된다. 일을 성공시키려면 언제 어떻게 해야 하는지 정확히 알아야 한다. 너무 시기가 빨라도, 늦어도 문제다. 적절한 시간에 일을 처리하는 게 중요하다. 하지만 사람들은 대체적으로 서두른다. 빨리 어떤 일을 하여 주도권을 확보하기 위해서다.

하지만 빠르다고 매사에 좋은 것만은 아니다. 새로운 사업을 추진할 때는 더욱 그렇다. 아직 정보가 부족한 상황에서 일을 빠르게 진행하다 보면 자연히 실패할 가능성이 많아진다.

너무 빨라 실패한 콜럼버스

콜럼버스를 생각해보라. 그는 역사적으로 영웅으로 추앙받고 있지만 그의 말년은 어떠했는가?

그는 신대륙을 발견하여 한때 영웅이 되었지만 그가 원했던 돈과 권력은 얻을 수 없었다. 그가 발견한 곳이 금이 많은 인도가 아니었기 때문이다. 그는 다시 인도를 찾기 위해 도전했지만 결국 실패하고 만다. 이러한 실패는 콜럼버스를 후원했던 사람들을 그에게서 등 돌리게 했다. 그래서 그는 말년에 빈털터리가 되어 쓸쓸한 운명을 맞이하게 된다. 결국 콜럼버스는 역사적으로는 신대륙을 발견한 선구자였지만 많은 시행착오에도 불구하고 인도를 발견하지 못해 사업적으로는 실패한 사람이었다.

그렇다고 너무 여유를 부려도 실패한다. 한 박자 느리다 보면 다른 사람에게 주도권을 빼앗기기 때문이다. 칭기즈 칸이 세계를 제패한 것도 속도전에 능해 주도권을 잡았기 때문이다. 그의 기병대는 그 당시 세상에서 가장 빠른 군대였다. 말 다루는 솜씨가 뛰어난 푸른 군단 몽골 군은 눈 깜짝하는 사이 적의 허를 찔러 공격하였다. 예상보다 칭기즈 칸의 공격이 빠르게 진행되었기 때문에 맘 놓고 있던 적들은 항복할 수밖에 없었다. 칭기즈 칸은 속도전을 통해 싸움에서 주도권을 잡을 수 있었던 것이다.

이처럼 어떤 일을 하는데 있어서 적절한 타이밍을 찾는 것이 중요하다. 너무 빠른 것도 문제지만, 느려도 문제가 된다. 그래서 지혜를 통해 적절한 타이밍을 찾는 것이 성공의 관건이라 할 수 있다.

외세에 의존하다 버림받은 김옥균

성공하는 데 있어 일을 어떻게 수행하느냐 또한 시기 못지않게 중요하다. 아무리 타이밍이 좋아도 방법이 잘못되면 대세를 그르치게 된다. 우리나라를 근대화 하려고 한 김옥균이 왜 실패하게 되었는가? 그것은 김옥균이 힘이 없는 상태에서 일본만 믿고 대사를 도모했기 때문이다. 김옥균은 자신의 힘을 키울 때까지 때를 기다리는 지혜가 필요했다.

힘이 없는 상태에서 일본만 믿고 큰일을 기도한 것은 김옥균의 잘못된 판단이었고 욕심이었다. 믿었던 일본이 청의 개입이 두려워 그를 배신하자 김옥균은 더 이상 어떻게 할 수 없어 도망자 신세가 되었고, 결국 일본에서 자객에 의해 불귀의 객이 되고 말았다.

그런데 그것으로 끝나지 않았다. 일본의 힘을 빌렸던 갑신정변은 우리나라에 청나라와 일본의 세력을 끌어들이는 계기가 되었다. 그리고 결국 우리나라는 일본의 속국으로 전락하는 치욕을 당하게 된다.

한비자의 "자신의 힘을 정확히 인식하지 않고 외국의 힘에 의존하는 것은 나라를 좀 먹는 근원이다."라는 말은 이러한 경우를 염두에 둔 것이라 할 수 있다.

무슨 일이든 자신이 힘이 있을 때 해야 한다. 남에 의지하여 일을 하는 것은 성공할 리가 만무하다. 설령 다른 사람의 도움으로 어떤 일을 성취해도 그것은 자신의 몫이라고 할 수 없다. 다른 사람에게 의존한 일의 성과는 그 사람에게 돌아가기 마련이다. 그렇기 때문에 자신의 목적을 성취하기 위해서는 남에게 의존하지 않고 자신의 힘으로 해야 함이 기본 원칙이다.

독서광 워렌 버핏

주식투자로 세계 최대의 갑부가 된 워렌 버핏은 어떻게 성공할 수 있었을까?

그는 최대의 투자는 지식투자라고 믿었다. 그래서 그는 책과 신문을 통해 세상의 정보를 캐내는 일을 게을리 하지 않았다. 주식투자에 필요한 지식을 획득하기 위해 하루에 6시간 이상을 정보를 습득하는 데 사용한다. 정보가 곧 주식투자의 생명이기 때문이다. 그래서 그는 정확한 정보를 토대로 주식투자를 하여 가장 돈을 많이 번 사람이 되었다.

그 뿐만 아니다. 그는 무리하게 주식투자를 하지 않는, 신중하기로 소문난 사람이다. 아무리 조심해도 주식투자는 항상 위험성이 도사리고 있어 한 곳에 집중투자하지 않고 여러 곳에 분산 투자를 하여 위험성을 최소화한다. 또한 절대 부채를 끌어들여 주식투자를 하지 않는다. 부채가 부의 창출을 앞당길 수 있기는 하지만 그만큼 위험을 높이기 때문이다. 그래서 그는 부를 창출하기 위해 절대 부채를 사용하지 않는 것을 철칙으로 한다.

하지만 일반인들의 주식투자는 어떠한가? 아는 것이 없어서 증권사 직원에게 거의 맡기다시피 하거나 허술한 정보를 믿고 한 곳에 몽땅 투자한다. 더욱이 빚까지 끌어들여 도박성 투자를 한다. 그러다 보면 결국 쪽박 차는 신세가 되는 경우가 부지기수다.

이처럼 무지와 그에 따른 무리한 투자는 실패와 불행을 낳는다. 그래서 지혜는 생존에 반드시 필요한 요건이다. 하지만 지혜와 지식은 다르다. 지식은 '안다'는 인지적 측면을 의미하지만, 지혜는 '아는 것을 활용'하는 실천적 의미까지를 포함한다. 그래서 아무리 지식이 많아도 그것을 활용할 수 있는 지혜가 없다면 그건 모르는 것과 별반 다르지 않다.

알면서도 흔히 제대로 활용하지 못하는 사람을 일컬어 백면서생이라고 하는데, 이것은 글만 알지 현실을 잘 모르는 사람을 지칭하는 말이다.

'백면서생' 이라는 말의 유래

이 말은 송나라 명장 심경지에서 유래하였다. 심경지는 어린 시절부터 무예를 닦아 무예 실력이 탁월하였다. 10세때 나라에 반란이 일어나자 그는 의병을 일으켜 반란군을 여러 번 격퇴하였다. 그의 나이 40세에는 장군이 되었다. 송나라에 대적관계에 있는 북위가 송나라를 괴롭히자 송나라 효문제는 북위를 치려고 하였다. 그때 심경지가 다음과 같이 말하면서 북위를 치는 것을 막았다.

"밭가는 일은 농사짓는 머슴들에게 물어 보아야 하고, 베를 짜는 일은 하녀들에게 물어 보아야 합니다. 지금 폐하께서는 적국을 치려고 하면서 한갓 백면서생들과 의논하시니 어찌 성공할 수 있겠습니까?"

그러나 효문제는 심경지의 말을 듣지 않고 북위를 치려다 대패하고 말았다.

심경지의 말에서 우리는 무엇을 얻어야 하는 것일까? 아무리 아는 것이 많아도 그것을 현실에 활용하지 못한다면 그것은 살아있는 지식이 아니라 죽은 지식이나 마찬가지라는 것이다.

인문학이 외면 받는 이유

요사이 인문학이 죽었다고 한탄하게 된 이유는 무엇일까? 그 첫째 이유로는 경쟁 사회에서 살아남으려다보니 직접적으로 현실에 필요한 실용적 학문이나 과학을 중요시한 것을 들 수 있다.

인문학은 현실에 필요한 직접적인 가르침보다는 세상을 보는 안목을 길러주는 학문이다. 그래서 거시적인 안목에서는 필요한 학문이지만 미시적인 안목에서는 불필요한 학문으로 보인다. 이런 인문학의 특성으로 말미암아 실용적인 문화에서는 인문학의 중요성이 간과되었다.

그런데 인문학이 외면 받는 또 하나의 이유가 있다. 그것에는 인문학을 하는 사람들에게 일정한 책임이 있다. 인문학자들이 현실을 외면한 채 학자들끼리 대학이라는 울타리 속에 갇혀 생활하기 때문이다. 대개의 경우 학자라는 사람들은 학문적 귀족주의에 사로 잡혀 자기들만이 이해할 수 있는 개념을 고안하여 자기들끼리만 학술교류를 한다. 그러다보니 일반인들은 그들의 언어를 이해할 수가 없다.

더욱이 그들의 말은 관념적이어서 현실과 많은 괴리가 있다. 인간이 만든 개념은 복잡한 세상을 간단히 설명하는 힘이 있다. 그래서 학자들의 설명은 그럴 듯하게 보인다. 하지만 현실은 학문적 세계처럼 단순하지 않다.

한때 많은 학자들은 규제가 엄연히 있어야 하는 현실을 무시한 채, '시장경제'를 운운하며 규제가 경제를 망친다고 주장하였다. 그러나 그 결과는 어떻게 되었는가. 결국 마구잡이로 규제를 푼 시장경제는 세계적인 경제 위기를 초래하였고, 그것을 통해 규제가 없으면 나라가 위태로워진다는, 소시민이면 누구나 알 수 있는 평범한 사실을 다시 깨닫게 되었다.

인문학자들이 이렇게 백면서생이 된 것은 지혜가 없기 때문이다. 그들은 일단 대학이라는 안전지대에 있기 때문에 현실의 변화에 민감하지 못하다. 십 년 전이나 이십 년 전 사고방식을 그대로 사용하고 있다. 그렇기 때문에 그들의 생각은 현실과 동떨어질 위험성이 그만큼 높다. 더욱이 학식이 높은 사람일수록 개념이라는 그물망에 걸려 편협한 생각에 갇혀 있기 쉬우며 다른 사람의 생각을 잘 들으려 하지 않을 뿐 아니라, 남을 배척하고 잘 어울리려 하지 않는다. 흔한 말로 자기 잘난 맛에 산다. 그러니 학식 있는 사람들이 트이지 않으면 지혜로울 수가 없는 것이다.

지혜는 단순히 아는 단계가 아니다. 그것을 넘어서 그것을 현실에 맞게 가장 잘 활용하는 능력을 말한다. 제갈공명이 지혜롭다고 말하는 것은 그가 단순히 많이 알아서가 아니다. 그는 그 자신이 익힌 전략과 전술을 현실에 맞게 최대한 활용하여 적은 군사로 대군을 무찔렀다. 그렇기 때문에 지혜야말로 인생의 성공을 가늠하는 중요한 요소라고 할 수 있다.

지혜롭기 위해서는 경험이 따라야 한다

공자, 석가모니, 소크라테스와 같은 인류 최고의 성현들도 지혜야말로 행복하게 살기 위한 최고의 덕이며, 어리석음이야말로 인생을 불행하게 하는 최악의 가치라고 생각하였다. 특히 소크라테스의 제자 플라톤은 스승의 뜻을 이어 받아 지혜로운 철인이 세상을 다스려야 모두가 잘사는 사회가 될 수 있다는 철인정치를 펴 지혜의 중요성을 강조하였다. 그러므로 성공하고 행복하기 위해서는 단순한 지식이 아니라 지혜가 있어야 한다.

그런데 지혜는 단순히 책을 많이 읽는다고 생기는 것이 아니다. 베이컨과 같은 경험론자들이 "모든 것은 경험에서 나온다."라고 주장한 것처럼, 인간의 지혜는 때로는 책보다도 경험을 통해 얻어진

소크라테스 BC470~399

그리스 철학자로 플라톤의 스승이다. 그는 대화나 문답법을 통해 무지를 자각하게 하고 절대적 진리에 나아가도록 하는 산파술을 교육의 방법으로 삼았다. 그러나 그 당시의 사람들은 그의 이러한 방법을 오해하여 그를 청년을 타락시키고 신을 모독한다는 죄목으로 고발하였고 그는 결국 사형선고를 받는다. 그는 주위의 많은 탈출 권고에도 불구하고 감옥에서 독배를 마시고 죽었다. 그는 한편의 책도 남기지 않았지만 제자 플라톤의 저서를 통해서 그의 사상을 감지할 수 있다.

그의 사상은 지덕복합일설과 지행합일설로 나뉜다. 지덕복합일설은 지식은 덕이요, 행복의 근원이라는 사상이다. 반대로 말하면 무지는 모든 불행의 근원이라는 것이다. 그러므로 소크라테스에게는 아는 것이 최우선이다. "너 자신을 알라."라는 말은 소크라테스의 이런 사상을 그대로 반영한다. 뿐만 아니라 지행합일설을 통해서 아는 것과 행하는 것이 같다고 하였다. 이것은 소크라테스에게 아는 것이 얼마나 중요한 것인가를 보여준다.

플라톤 BC427~347

플라톤은 명문 집안의 셋째 아들로 태어났다. 처음부터 플라톤은 정치에 뜻을 두었다. 20세 때 소크라테스를 만나 '지에 대한 사랑'에 눈을 뜨게 된다. 그러나 그는 30인 과두정치와 민주화정치에 대한 환멸 때문에 정치에 대한 관심을 버리게 된다. 게다가 소크라테스의 처형에 충격을 받고 나서는 완전히 철학으로 전향해버린다. 40세가 되었을 때, 그는 아카데미아라 불리는 학원을 세워 가르침에 전념한다. 그는 그의 열렬한 지지자인 디온의 초청으로 사라쿠사로 가 철인정치를 실현하려고 했지만 뜻을 이루지 못했다.

플라톤은 스승 소크라테스의 뜻을 이어 받아 자신의 사상을 발전시킨다. 소크라테스가 이성을 통해 절대적 진리를 알 수 있다고 주장했지만 그것이 무엇인지를 해결하지 못했다. 그런데 우리가 이성을 통해 삼각형의 세

각의 합이 180°라는 것을 아는 것처럼, 플라톤은 이성을 통해 파악한 이데아의 세계야말로 영원불변하는 진리의 세계라고 하였다.

반면에 우리가 살고 있는 현상의 세계, 즉 우리가 그린 삼각형은 이데아를 닮은 불완전한 삼각형이라고 하였다. 그는 아는 것이 덕이요 행복을 가지고 온다는 소크라테스의 지덕복합일설을 지혜로운 자가 다스려야 한다는 철인정치를 통해 실현하고자 하였다.

다. 경험적 지식은 현실과 직접 맞부딪치며 문제를 해결해 얻어진 산지식이기 때문이다.

책은 그 책을 쓴 사람들의 경험뿐 아니라 관념이다. 책은 우리에게 새로운 생각과 길을 안내하는 역할을 하기도 하지만, 관념적이기 때문에 현실과 동떨어진 측면이 적지 않다. 또한 책 속의 관념은 얼마든지 편견을 낳을 수도 있다.

노자가 '도'를 이미 '도'라고 말하면 '도'가 아니라고 한 것도 머릿속에 들어 있는 우리들의 관념이 현실과 동떨어져 있다는 사실을 암시하는 것이다. 그래서 책은 경험보다 우리에게 살아있는 지식을 주기 어렵다.

경험은 직접적으로 세상을 익히는 중요한 교육 수단이다. 책이 다양한 정보를 주는 것이 사실이지만 세세한 부분까지 알려주지는 못한다. 더욱이 똑같은 내용도 책으로 볼 때와 직접 경험한 것은 느낌이 다르다. 책의 내용은 공감을 주지만 큰 깨달음을 주기에는 미약하다.

베이컨 1561~1626

베이컨은 엘리자베스 1세 때 고관의 아들로 태어났다. 그는 케임브리지대학에서 법률을 공부하였다. 그는 하원의원이 되었으나 의회에서 행한 연설이 여왕의 노여움을 사 여왕치하에서는 중용되지 않았다. 그러나 여왕이 죽고 재임한 제임스 1세는 그를 검찰총장에 이어 대법관 자리에 앉힌다. 하지만 그는 뇌물에 연루되어 자리에서 물러나게 된다. 정계에서 은퇴한 베이컨은 연구와 저술에 몰두하였다.

그는 데카르트와 더불어 근대철학의 시조로 일컬어진다. 그는 경험론의 창시자이며, 경험을 바탕으로 한 귀납적 방법이 학문의 중요한 방법임을 강조한다. 그는 연역법을 강조한 아리스토텔레스의 오르가논(논리학)에 반대하여, 귀납법에 근거한 '새로운 오르가논'을 주장하였다.

그에 의하면 인간은 자연에 복종하고 자연 속에서 일어나는 연속적인 인과관계를 알게 됨으로써 자연을 지배할 수 있다는 것이다. 그래서 그는 "아는 것이 힘이다."라고 주장하면서 과학이 우리에게 유용한 도구라는 것을 강조한다.

하지만 직접적인 경험은 생생하기 때문에 세상에 대한 정확한 정보를 얻을 수 있다. 백 번 듣는 것보다 한 번 보는 것이 낫다는 말은 그만큼 경험이 세상을 이해하는데 중요한 수단이라는 것을 강조한 말이다.

특히 어린 시절의 경험은 세상의 이치를 깨닫고, 살아가는데 필요한 인간관계 형성에 중요한 역할을 한다. 경험이 많을수록 그만큼 세상에 대한 많은 지식을 습득할 수 있다. 경륜이 사람의 지혜로 작용하는 것도 바로 경험이 많을수록 세상의 이치를 그만큼 많이 알기 때문이다. 반면에 젊은 혈기가 문제가 되는 것은 젊을수록 힘은 있지만 경험이 부족하여 무슨 일을 해도 실수할 확률이 높기 때문이다.

경험의 중요성을 가르친 사마천의 아버지, 사마담

《사기》를 쓴 사마천의 아버지 사마담은 책의 한계를 이미 알고 있었다. 그래서 그는 사마천을 여행 보내며 이런 말을 했다.

"너는 열심히 공부했고 평판도 좋다. 하지만 네가 익힌 학문은 문자만의 학문인 게야. 그것만으로는 지방의 풍습이나 기질, 그리고 그 고장의 정취가 제대로 전달되지 않는다. 그러나 여행을 하다 보면 백 개의 문자보다 훨씬 더 생생한 진짜 모습을 맛볼 수 있다. 태사공이란 직책을 수행하기 위해서는 그런 것도 알아야 한다."

사마담은 아무리 훌륭한 책도 세상의 참 모습을 생생하게 전달할 수 없다는 것을 알고 그런 모습을 파악하기 위해 사마천에게 2년간 중국 전역을 여행하게 하였다. 사마천의 《사기》는 아버지의 이런 뒷받침이 있었기 때문에 가능했다고 해도 과언이 아니다. 그래서 참다운 지혜를 얻기 위해서는 책을 통해 얻은 지식과 경험을 통해 얻은 지식을 종합하여 현실을 제대로 볼 수 있는 안목을 길러야 하는 것이다.

다른 사람의 말에 귀를 기울여 지혜를 얻은 유방

하지만 세상은 자신의 지혜만으로는 살 수 없다. 한 사람의 지혜는 한계가 있기 때문이다. 그래서 다른 사람을 통해 지혜를 얻는 것도 성공하는 데 중요한 요소가 된다. 한나라 유방은 다른 사람의 지혜를 빌려 천하의 주인이 된 대표적인 인물이다.

그는 먼저 다른 사람의 지혜를 빌려 죽을 고비에서 벗어났다. 당시 진나라는 시황제가 죽고 환관의 아들 호해가 방탕한 생활을 해 나라 전체가 뿌리째 흔들리고 있었다. 이때 진나라에 반대하는 제후들은 진나라 수도 함양에 제일 먼저 들어가는 자가 패권을 차지하기로 약속하였다. 그런데 그 함양에 제일 먼저 들어간 것은 그 당시 가장 힘이 셌던 항우가 아니라 보잘것없는 유방이었다. 유방은 싸우지 않고 승리하는 것이 가장 훌륭한 승리라는 손자의 말처럼 최대한 전쟁을 피하면서 함양으로 달려 왔지만, 항우는 싸움에 자신이 있어 싸움을 피하지 않고 왔다.

유방은 함양으로 들어가는 천하의 요새 함곡관에 미리 들어와 수비를 하면서 함양으로 들어오는 항우를 저지하려고 하였다. 유방은 함곡관만 지키면 천하를 얻을 수 있다고 생각하였다.

그러나 이런 유방의 행동은 그 당시 위용을 자랑하던 항우의 분노를 사고 말았다. 군사적인 측면에서 압도적으로 우세한 항우는 곧 바로 유방을 치려고 하였다. 그것을 본 유방은 자신이 실수했다는 것을 깨달았다. 기세도 기세지만 수적으로도 유방 군은 항우 군에 비할 바가 되지 않았다. 항우 군은 40만 명에 달했지만 자신의 군사는 겨우 10만 명이었다. 그래서 유방은 항우가 머물고 있는 홍문관에 찾아가 자신의 잘못을 빌었다.

항우도 주연을 베풀어 유방을 용서해주었다. 그런데 항우의 군사 범증은 유방을 보고 보통 범상한 인물이 아니라는 생각에 그를 죽이려고 마음먹었다. 그는 검사에게 칼춤을 추게 한 뒤 기회를 엿보아 유방을 죽이라고 명령하였다.

유방의 부하 장수 번쾌는 이런 계략을 미리 간파하고 무례함을 무릅쓰고 연회장으로 들어가 여차하면 항우를 공격하려고 하였다. 연회는 계속되었으나 분위기는 살벌하였다.

이때 유방은 양해를 구한 뒤 화장실로 향하였다. 번쾌는 '때는 이때다' 하고 유방을 따라 나갔다. 그리고 그는 유방에게 즉시 돌아가자고 하였다. 그러나 그것은 예의에 어긋나는 짓이어서 유방은 망설였다. 그때 번쾌가 말했다.

"큰일을 하려면 작은 것에 연연하지 않습니다. 지금 우리는 도마 위에 있는 생선이나 마찬가지입니다. 어찌 망설이십니까?"

이 말을 들은 유방은 인사를 선물로 대신하고 곧바로 자기 진영으로 도망쳐 목숨을 건질 수 있었다. 유방은 번쾌의 말에 따라 행동하여 일단 목숨을 보전하고 다음을 기약할 수 있었다. 만일 유방이 번쾌의 말을 듣지 않고 자신의 생각을 굽히지 않았다면 제국의 꿈은 무산되었으리라. 하지만 부하의 말을 귀담아 들었기에 유방은 제국의 꿈을 키워갈 수 있었다.

이처럼 유방이 다른 사람 말에 귀를 잘 기울인다는 소문은 금세 사람들 사이에 퍼져 나갔다. 천하의 명장 한신은 그런 소문을 듣고 제 발로 유방을 찾아온 사람이다. 원래 한신은 항우의 하급의 군사였다. 그렇지만 항우가 자기 말을 들어주지 않자 실망하였다. 그런데 유방이 다른 사람 말을 잘 들어준다는 소리를 듣고 한신이 유방을 찾아오게 된다. 그때부터 항우에게 패배만 하던 유방은 맹장 한신을 얻어 천하를 얻을 수 있었다. 반면에 항우는 다른 사람의 말을 듣지 않아 인재를 잃고 실패의 나락으로 떨어지기 시작한다.

유방은 배운 것은 많지 않지만 다른 사람의 지혜를 빌릴 줄 아는 현명함이 있었다. 사람은 완전할 수 없다. 그래서 다른 사람의 말에 귀를 기울이는 게 무엇보다 중요하다. 다른 사람의 말 속에는 자신이 보지 못한 번득이는 지혜가 얼마든지 있을 수 있다. 유방은 다른 사람의 지혜를 통해 어려움을 극복하는 현명함이 있어 죽을 고비에서 살아날 수 있었다. 하지만 여포는 어리석어서 충신들의 말은 거두절미하고 여자들의 품에서 놀아나다가 모든 것을 잃게 되었다.

사람은 지혜로워야 한다. 그래야 큰 것을 위해 작은 것에 얽매이지 않는다. 작은 것에 욕심내고 얽매이다 보면 큰 것을 잃게 되는 법이다. 안목을 길러 세상을 좀 더 멀리 보는 지혜가 필요하다. 그런 지혜가 없으면 여포처럼 천하의 재주를 갖고도 용렬한 삶을 살다 간다.

높이 나는 새가 멀리 보는 것처럼 세상을 멀리 보면 볼수록 인생은 그윽한 향기가 난다.

햄릿보다 돈키호테가 되라

요새 기업에서는 '햄릿형' 보다는 '돈키호테형' 사람을 뽑으려 한다. 햄릿형은 심사숙고하는 사람이지만, 돈키호테형은 사고의 틀을 깨는 사람이다. 왜 기업에서는 돈키호테형 인간을 바라는가? 경쟁 사회에서 살아남기 위해서는 기존의 낡은 방식을 버리고 새로운 것을 창출해야만 하기 때문이다.

물론 심사숙고 하는 것도 중요하다. 어떤 일이건 대충대충 하다가는 낭패를 보기 십상이다. 하지만 아무리 심사숙고해도 기존의 틀을 깨지 못한다면 기업은 오래가지 않아 경쟁에서 밀릴 수밖에 없다. 기존의 틀을 깨지 못하면 구태의연한 방식으로 생산할 수 밖에 없기 때문이다. 좀 더 효율적이고 진보적인 방법으로 생산하기 위해서는 돈키호테처럼 과감히 기존의 틀을 깨고 새로운 방법을 창조해내야 한다.

이 세상에 영원불변한 것은 없다. 모든 게 새롭게 태어나고 없어진다. 새 술은 새 부대에 담가야 하는 것처럼 시대에 따라 틀도 바뀌어야 한다. 역사적 인물들은 변화의 흐름을 인식하고 기존의 틀을 깨고 시대에 맞게 새로운 틀을 만든 사람들이다.

코페르니쿠스는 태양이 지구를 도는 게 아니라 지구가 태양의 주위를 돈다고 주장하며 새로운 시대를 열었다. 콜럼버스 역시 기존의 틀을 깨고 새로운 세계를 연 사람이다. 당시 사람들은 지구가 평평하고 해안선을 벗어나면 낭떠러지가 있다고 생각하였다. 그래서 사람들은 해안선을 벗어나 바다 멀리 나갈 수 없었다. 이런 상황에서도 콜럼버스는 기존의 관념을 깨고 과감히 먼 바다로 나가 인류 역사의 새 장을 마련하였다.

아인슈타인은 뉴턴의 절대 시간과 공간 개념을 완전히 바꾸었다. 아인슈타인이 볼 때 절대 시간과 공간은 존재하지 않으며 시간과 공간은 상황에 따라 달라졌다. 즉 시간과 공간은 절대적인 것이 아니라 상대적이라는 것이다.

비단 이런 현상은 과학에만 해당하는 것이 아니다. 합리론 철학자 데카르트나 베이컨은 교회의 권위를 부정하며 지구상의 주인공은 신이 아니라 인간임을 주장하여 중세라는 어두운 터널을 지나 근대라는 새 시대를 열었다. 마르크스도 기존의 틀인 자본주의를 깨고 공산주의라는 새로운 세상을 열려고 한 사람이다.

로크나 루소와 같은 사회계약설을 주장한 사람들도 국민이 국가를 위해 존재하는 것이 아니라 국가가 국민을 위해 존재한다고 역설한 사람들이다. 피카소나 모차르트와 같은 위대한 예술가 역시 창조적 파괴를 한 사람들이다. 그들은 기존의 예술 세계를 파괴하고 새로운 예술 세계를 열었고, 석가모니나 예수와 같은 성자도 창

TIPS

데카르트 1596~1650

프랑스 귀족 출신으로 어렸을 때부터 몸이 허약했다. 10세 때 입학했던 학교에서는 기상시간을 면죄해줄 정도였다. 이때부터 아침에 명상하는 버릇이 생겼다. 그는 대학에서 법률과 의학을 배웠지만 만족하지 못했고, 수학에 매진하기 시작하였다. 30년 전쟁이 일어나 종군하다가 '놀랄만한 학문적 기초'에 눈을 떠 데카르트 철학의 출발점에 선다.

데카르트는 경험은 불확실한 지식을 주기 때문에 경험을 거부하였다. 그리고 그는 수학과 같은 연역적 방법을 학문의 방법으로 생각하였다. 확실한 공리에서 정리를 끌어내는 수학적 방법을 이용하여 데카르트는 진리의 세

계에 도달하고자 했다. 그래서 그는 공리와 같은 확실한 진리를 얻기 위해 회의를 시작한다. 이것이 데카르트의 방법적 회의이다.

그는 이성적으로 아무리 의심해도 의심할 수 없는 것이 참 진리라고 말한다. 그런데 모든 것은 의심할 수 있었지만, "나는 생각한다. 고로 나는 존재한다."라는 명제는 의심할 수 없었다. 이것은 데카르트의 모든 진리의 출발점이 된다. 그래서 데카르트는 나의 존재의 확실성을 기초로 심신의 분리와 신의 존재를 연역적으로 이끌어낸다.

이것은 데카르트의 혁명적 사고를 보여준다. 중세에는 신의 존재에서 인간의 존재가 탄생하였지만, 데카르트에 있어서는 인간의 존재에서 신의 존재가 탄생한 것이다. 즉 우주의 중심에는 신이 아니라 인간이 우뚝 서 있는 것이다. 이것은 바로 인본주의의 부활과 근대사회의 탄생을 의미한다.

로크 1632~1704

1632년 영국 섬머셋셔에서 법조인의 아들로 태어났다. 그는 옥스퍼드대학의 크리스트 칼리지에 입학하여 철학, 수학, 천문학 등을 두루 공부하면서 데카르트 철학을 접하게 된다. 졸업 후 옥스퍼드대학에서 강의하면서 정보 특사로 독일을 방문한 것이 계기가 되어 10여 년간 정치활동을 하기도 한다. 그러다 심한 천식에 걸려 정계에서 은퇴한다. 로크는 영국 정부의 친가톨릭 정책을 비판하다 1683년에 네덜란드로 망명한다. 1689년의 명예혁명이 성공하자 귀국하여 저술에 전념하며 여생을 보냈다.

로크의 철학은 경험론에서 출발하였다. 그는 인간의 지식은 경험에서 비롯되었다고 한다. 그래서 데카르트가 주장한 것처럼 경험을 떠난 선천적이고 본래적인 어떤 지식이 불가능하다고 하였다. 더욱이 경험에 의해 얻어진 것은 절대적인 지식도 아니며 반드시 한계를 지닌다. 따라서 경험의 한계를 넘어서는 것에 대해서는 서로의 의견을 존중해주어야 한다.

로크의 이런 경험론적 사상은 정치적으로는 절대성을 강조하는 절대군주제를 부정한다. 그리고 타협과 협상을 중시하는 자유민주주의를 옹호하는 이론적 기반이 된다.

조적 파괴를 하여 모두가 구원을 받을 수 있다는 새로운 종교 세계를 열었다.

기존의 사고를 깨기 어려운 이유

그런데 기존의 사고의 틀을 깨기란 결코 쉽지 않다. 그것은 첫째, 사람들이 권위에 맹종하려는 습성이 있기 때문이다. 사람들은 기존의 틀을 깨는 것은 천재만이 할 수 있다고 생각한다. 그리고 자신은 아예 처음부터 천재가 될 수 없다고 생각한다.

이런 생각을 가지고 있는 사람이 무엇을 자신 있게 할 수 있을까? 이런 사람은 스스로 할 수 있는 게 아무것도 없다. 스스로 할 수 없으니 다른 사람의 권위에 의지하여 살아갈 수밖에 없다. 그래서 대부분의 사람들은 기존의 틀을 깨기보다는 기존의 권위에 따라 사는 것을 당연하게 생각한다.

그러나 권위에 맹종하는 것은 자신을 앞으로 한 발짝도 나갈 수 없게 한다. 절대 권력이 부패하여 썩듯이 권위를 맹목적으로 쫓는 것은 스스로를 바보로 만들어 작은 울타리 속에 가두는 것이다. 창조는 창조적 사고를 짓누르는 권위에서 벗어난 자유를 통해 이루어진다. 권위에 굴복하는 것은 자유를 빼앗기는 것이다.

맹자도 권위에 따르는 행위를 다음과 같이 비판하였다.

"덮어놓고 책을 믿는 것은 책이 없는 것과 같다."

기존의 사고를 깨기 어려운 두 번째 이유는 이미 기득권자들이 그들에게 유리하게 세상을 그물망처럼 만들어놓았기 때문이다. 자본주의 국가에서는 시장경제가 세상의 유일한 대안이라고 생각한다.

반면에 그것을 부정하는 공산주의적 사고를 가진 사람을 자본주의 국가에서는 이단으로 취급하고 탄압한다. 이런 그물망을 피하며 새로운 세상을 연다는 것은 대단한 모험이 아닐 수 없다. 자칫 기득권자들이 눈치라도 체는 날이면 목숨이 위태로울 수 있다.

갈릴레이가 천동설을 부정하고 지동설을 주장하려고 했을 때, 교회는 어떻게 갈릴레이를 핍박했는가. 자본주의 사회에서 자본주의를 부정한 마르크스 또한 평생을 도망자 신세로 살지 않았는가. 이처럼 기존의 권위를 무너뜨리는 새로운 발견을 해낸다는 것은 기득권의 방해를 뛰어넘어야 하는 것이기 때문에 아주 위험천만한 일이다.

더욱이 사고의 틀을 깬다는 것은 누구도 가보지 않은 미지의 세계를 가는 것이다. 확실성도 없고 불안하기 그지없다. 그래서 사고의 틀을 깨는 것은 불안하고 그만큼 위험천만하다고 할 수 있다. 자칫 헛발이라도 디디는 날에는 인생이 끝장 날 수도 있다. 그래서 대다수 사람들은 기존의 틀에 편안하게 안주하며 영웅을 통해 이것을 대리만족하려고 한다. 오늘날 스타들이란 대중들이 못 이룬 꿈을 실현시키는 대행업자나 마찬가지다.

인습을 타파한 서문표

그러나 세상에 절대적인 진리는 없으며 권위는 깨라고 있는 것이다. 변화무쌍한 세상에서 그 시대에 맞는 새로운 세상을 여는 사람을 우리는 영웅이라 부른다.

　전국 시대 위나라의 서문표라는 사람을 보자. 그 역시 미신이라는 기존의 관념을 깬 사람이다. 그는 기존의 인습을 타파하여 위나라를 강국으로 만드는데 큰일을 한 사람이었다. 당시만 해도 위나라는 아주 약한 나라였다. 그래서 위나라 왕은 나라를 부강하게 만들기 위해 서문표에게 하내 지방을 개간하도록 하였다. 그곳은 여러 나라가 인접한 전략적 요충지였다.

　그런데도 그곳은 황폐하기 짝이 없었다. 서문표가 하내 지방의 현령이 되어 그곳을 살펴보았을 때 성한 곳이 하나도 없었다. 황폐한 원인은 황하강의 범람과 이 고장 유력자들의 착취 때문이었다. 서문표는 황하강으로부터 용수로를 만들어 물을 끌어들이고 개간하기만 하면 얼마든지 농지로 쓸 수 있다고 생각하였다. 그래서 그는 먼저 용수로를 만드는 일부터 시작하려고 하였다.

　그러나 뜻하지 않는 암초에 부딪히고 말았다. 마을 사람들이 용수로를 끌어들이는 것에 적극적으로 반대하고 나섰다. 이유인 즉 황하강에는 수신(물의 신)이 살고 있어 공사를 하면 수신이 노하여 황하강이 범람한다는 것이었다. 그리고 마을 사람들은 수신을 위해 매년 처녀를 바친다고 하였다.

　더욱 서문표를 놀라게 한 것은 수신과 처녀의 혼례식을 위해 많은 돈이 소비된다는 점이었다. 그리고 혼례를 치르고 남은 돈은 그 마을의 삼로(마을을 대표하는 3명의 어른)와 무당과 관리들이 나누어 가졌다. 서문표는 이를 참으로 잘못된 인습이라 생각하여 그것을 없애지 않으면 아무 일도 할 수 없다고 생각했다.

그로부터 한 달 후, 마침내 처녀와 수신과의 혼례식이 거행된다는 보고가 서문표에게 올라왔다. 서문표는 혼례식이 거행된다는 강가로 나갔다. 조금 후, 수신에게 바쳐질 처녀가 도착하였다. 처녀는 너무나 아름다운 여인이었다. 서문표는 그 처녀를 보자마자 무당에게 말했다.

"이게 어찌 미인이란 말인가. 수고스럽지만 대무(큰 무당)가 수신에게 직접 가서 더 아름다운 처녀를 찾아 드릴 테니 수신에게 기다려 달라고 하게."

그리고 그는 하급관리에게 명령하여 대무를 강물 속으로 던져 버렸다.

"어떻게 된 일이지. 다시 마중을 가야겠어."라고 말하고 무당의 제자들을 차례로 강물에 던졌다.

이런 식으로 서문표는 삼로까지 강물에 던졌다. 그리고 나서 관리와 호족을 강물에 던지려 하였다. 그러자 관리와 호족은 땅에 엎드려 살려달라고 구걸하였다.

이런 일이 벌어지고 난 다음 마을 사람들은 간담이 썰늘해져 그 뒤 누구도 수신에게 처녀를 바치자는 이야기를 하지 않았다.

서문표는 이렇게 미신을 없앤 뒤 용수로 공사를 감행하여 그 지방을 풍성하게 만들었고 위나라의 국력을 키우는데 큰 공헌을 하였다. 이러한 결과는 서문표가 과감히 기존의 사고의 틀을 깨고 인습을 타파한 결과였다.

지구 중심을 부인한 코페르니쿠스

코페르니쿠스도 바로 이런 선각자 중에 한 사람이다. 그는 지구가 우주의 중심이라는 인류의 굳건한 신념을 깼다. 그 당시 오랫동안 사람들이 믿어 온 신념을 깬다는 것은 결코 쉬운 일이 아니었다. 지구가 우주의 중심이라고 믿는 교회와 목숨을 담보로 논쟁을 해야 했기 때문이다. 그렇지만 그는 과감히 지구가 우주의 중심이 아니라는 가설을 세우고 증거 자료를 확보하여 기존의 사고의 틀을 깨는 혁명가가 되었다.

하지만 그는 교회와의 마찰을 줄이기 위해 출판을 늦추었다. 또한 원고를 라틴어로 써 과학자나 학자들만 볼 수 있게 해 그것을 읽을 수 있는 대상을 극도로 제한하는 신중함을 발휘하였다. 만일 자신의 생각이 옳다고 하여 만인에게 그것을 공개했다면 코페르니쿠스는 천수를 누릴 수 없었을 것이다. 불행 중 다행으로 그의 생애에 교회와의 직접적인 마찰은 없었다. 그는 책이 나오기 하루 전에 죽었다.

그렇지만 그가 죽은 뒤 그의 사상이 출판 되었을 때 교회는 코페르니쿠스의 사상을 용서하지 않았다. 교회는 자신의 세계를 어지럽히려는 코페르니쿠스의 책을 금서화하였다. 그리고 교회의 탄압은 그를 옹호한 갈릴레이나 철학자 브루노에게 이루어졌다. 갈릴레이는 종교 재판에서 자신의 의견을 철회하여 목숨을 건질 수 있었지만, 브루노는 자신의 의견을 취소하지 않아 화형에 처해졌다. 브루노는 사형 선고가 내려졌을 때 다음과 같이 말한 것으로 유명하다.

"선고를 듣고 있는 나보다는 선고하고 있는 당신들이 더 두려워하고 있소."

하지만 한번 시작된 사고의 혁명은 역사를 거스를 수 없었다. 결국 완곡했던 교회도 과학적 혁명가들이 제시한 증거들에 막혀 코페르니쿠스의 혁명을 용인하지 않을 수 없었다.

이처럼 무언가 큰일을 하려면 기존의 사고의 틀을 깨는 선각자가 되어야 한다. 기존의 사고의 틀로는 일시적으로 안주할 수는 있

지만 끊임없이 변화하는 세상에서 큰 성공을 바랄 수는 없다. 그러나 대부분의 사람은 기존의 사고에 안주하려고 한다. 그것은 사람들이 궁극적으로 자기 자신에 믿음과 자신감이 없을 뿐 아니라 힘든 일을 하기 싫어 하는 심리 때문이다.

하고자 하는 일은 많으면서도 적당하고 편안하게 살려는 것이 사람들의 이중성이다. 이런 이중적인 태도로는 하고자 하는 그 무엇도 자신이 원하는 바대로 얻을 수 없다. 그래서 사고의 틀을 깨기 위해서는 일단 자기 자신에 대한 믿음과 자신감뿐만 아니라 자신의 안일한 생활에서 벗어날 수 있어야 한다.

더욱이 기존의 틀에서 이득을 취하고 있는 사람들은 사고의 틀을 깨는 사람을 불경스럽게 생각한다. 보수주의자라고 자칭하는 사람들은 모두 기존의 틀에서 막대한 이익을 취하고 있는 사람들이다. 그래서 그들은 수단과 방법을 가리지 않고 기존을 틀을 지키려고 한다.

그러나 이런 사람들의 성공은 일시적이다. 세상은 끊임없이 변화한다. 그리고 변화의 속도는 하루가 다르게 빠르게 진행되고 있다. 그런 변화에 적응하기 위해서는 내 자신부터 먼저 변화하지 않으면 안 된다. 이런 변화를 읽고 능동적으로 대처하기 위해서는 평생을 배워야 한다. 그래야 새로운 지식과 정보를 제공 받아 지금의 나를 발전시킬 수 있다.

하지만 대부분의 사람들은 새로 배우는 것을 꺼려한다. 자신의 기존의 사고를 깨는 것이 두렵기 때문이다. 그리고 나이가 들어 배우는 것을 궁색하게 생각한다. 이미 배운 것으로 충분하다고 생각하기 때문이다. 끊임없는 변화에 대처하며 능동적으로 살아가기 위해서는 죽을 때까지 배우며 노력해야 한다. 그리고 창조적 사고를 통해 능동적으로 기존의 틀을 과감히 털어낼 줄 알아야 한다. 그렇지 않으면 영원한 보수주의자로 전락하여 스스로 변화하는 새로운 환경에 적응하지 못해 경쟁에서 도태되고 말 것이다.

미국의 실용주의 철학자 듀이도 인생을 하나의 완전한 것으로 보지 않고 완성, 성숙, 세련을 향하여 달려가는 하나의 변화하는 과정으로 보았다. 그래서 그는 진보가 이루어지기 위해서는 변화를 수용하고 그 변화에 끊임없이 대처할 수 있는 창조적 능력이 있어야함을 강조한다. 그렇지 않으면 인류의 역사는 진보는 고사하고 퇴보할 수도 있다고 경고한다.

듀이 1859~1952

미국 동부의 벌링턴에서 태어났다. 대학에서는 철학과 사회사상에 심취했으나 졸업 후 고등학교에서는 고전과 과학 그리고 수학을 가르쳤다. 대학원에서 철학을 전공하고 미시간대학에서 강의를 하기 시작하였다. 잠시 헤겔에 몰두하였으나 제임스 심리학에 영향을 받아 실용주의로 전향한다. 1894년에 시카고대학 교수가 되고, 진보주의에 입각한 열린 교육을 부르짖으며 1896년에 실험학교를 설립하여 진보주의 교육 이론을 펼치는데 전력을 기울였다.

'실용주의'라는 말을 처음 쓴 제임스는 종교도 유용한 것이라고 주장하였다. 그러나 듀이가 볼 때 그것은 지나치게 주관적이다. 실생활에 좋은지 안 좋은지를 판단하기 위해서는 객관적인 과학정신과 실험정신이 필요하다. 믿음을 통해서가 아니라 과학과 실험을 통해서 우리는 새로운 진리를 발견할 수 있고 그것을 통해서 세상을 좀 더 아름답게 가꿀 수 있다는 것이다. 즉 듀이가 볼 때 진리란 세상을 인도하는 훌륭한 도구인 셈이다.

그래서 듀이는 도구주의를 부르짖고 진리라는 과학적 도구를 통해 아름다운 인간 에덴동산을 가꿀 수 있다고 주장하였다. 이처럼 듀이의 실용주의에는 과학적 진보주의사상이 내포되어 있다.

고마운 '실패'

아무리 자신감과 지혜를 갖고 일을 한다고 해도 실패는 뒤따를 수밖에 없다. 인간은 처음부터 완전한 존재가 아니다. 아무리 자신이 타고난 능력이 있고 똑똑하다고 해도 영원불변한 진리를 얻을 수 없고 신이 아닌 이상 끊임없이 변화하는 이 세상을 완전히 독파할 수는 없다. 우리는 모두가 실패를 할 수밖에 없는 운명이다. 단지 누가 실패를 적게 하여 피해를 최소화하느냐가 관건이다.

더군다나 세상은 경쟁 상태다. 아무리 자신이 노력을 해도 경쟁에서 밀려 실패할 가능성은 언제나 있다. 나보다 뛰어난 사람들이 항상 내 주변에서 맴돌고 있기 때문이다. 그래서 노력을 열심히 해도 그 노력이 수포로 돌아갈 수 있는 가능성은 누구에게나 항상 열려 있다.

높은 단계의 성공을 경험한 사람들은 더 낮은 단계의 역경을 경험할 필요가 없다. 사실 대부분의 성공한 사람들은 평균적인 사람들보다 인생에서 더 많은 벽을 마주쳐 왔지만, 그들은 역경이라는 그들의 장벽을 넘어가는 방법을 찾아냈거나, 지나가는 문을 발견한 것이다.

그래서 "진정한 승리는 넉 다운 되는 것보다 딱 한 번 더 일어나는 것이다."라는 말이 있는 것이다.

이 세상 모든 성공은 실패를 딛고 일어섰다

경쟁이 심한 상태에서의 실패는 자신에게 큰 타격을 가져 올 수 있다. 심한 경우에는 실패 하나 때문에 자존심에 큰 상처를 입고 스스로를 무능력자로 생각하여 주저앉을 수도 있다. 친구들과의 갈등, 시험에서의 좌절 등 특히 청소년 시절에는 이런 사소한 실패들 때문에 생긴 열등감에 사로잡혀 희망을 잃고 좌절하는 경우가 많다.

실패가 크면 클수록 자신감과 용기를 잃어버릴 공산이 크다. 자신감과 용기를 잃는 것은 세상을 잃는 것과 같다. 자신감과 용기만 있으면 돈이나 권력이나 명예는 언제든지 회복될 수 있다. 하지만 자신감과 용기를 잃으면 어느 것 하나 건질 수 없다. 그런 상황에서는 오로지 좌절과 절망, 열등감만이 기다리고 있을 뿐이다.

성공을 위해서는 많은 시행착오와 실패가 불가피하기 때문에 실패가 무서워 새로운 일을 추진하지 않는다면 발전할 수 없다. 인생 자체가 가보지 않은 미지의 길이기에 아무리 지혜로운 사람이라도 한 번의 실수는 범할 수밖에 없다. 실패는 당연한 것이다. 더욱이 누구도 가본 적이 없는 새로운 길을 갈 때에는 실패를 할 수밖에 없다. 그래서 빌 게이츠는 "실패를 두려워하는 사람은 성공할 수 없다."고 잘라 말하였다.

그럼 왜 실패가 성공의 열쇠가 되는 걸까? 그 이유는 바로 실패를 거울삼아 성공에 좀 더 접근할 수 있기 때문이다. 실패를 거듭하면 할수록 성공의 길이 더 넓어진다. 반대로 실패를 했기 때문에 그만큼 실패할 확률은 낮아진다. 실패는 성공의 어머니이다. 다이너마이트를 만든 노벨이 성공할 수 있었던 것도 많은 실패의 쓴 맛을 보았기 때문이다.

다이너마이트를 연구하다가 가족과 회사를 몽땅 잃은 노벨

노벨이 처음부터 다이너마이트를 만든 것은 아니다. 처음에 그는 폭발력이 강하다는 니트로글리세린을 이용하여 니트로글리세린 화약을 만들려고 하였다. 처음에는 성공처럼 보였지만 끔찍한 사고가 일어나고 말았다. 노벨의 공장이 폭발한 것이다. 이로 인해 동생과 공장의 일꾼들이 목숨을 잃었고 공장은 산산조각이 났다. 그 사건이 있은 후 노벨은 정부로부터 니트로글리세린 화약을 만드는 일을 금지 당했다. 그 충격으로 노벨의 아버지까지 뇌일혈로 쓰러졌다.

노벨은 엄청난 충격을 받았지만, 포기하지 않았다. 그 당시 사람들도 비록 위험하기는 하나 광산이나 터널공사를 하기 위해 니트로글리세린 화약은 필요하다고 생각하였다. 하지만 위험성 때문에 정부에서는 그것을 만들 공장을 짓는 것조차 허락하지 않았다.

하지만 그는 포기하지 않고 시에서 멀리 떨어진 호수 근처의 배 위에 공장을 지어 니트로글리세린 화약을 다시 생산했다. 하지만 그 화약을 운반하던 배와 호텔이 폭발하는 등 여기저기서 폭파 사고가 났고 많은 사람들의 목숨을 앗아갔다. 화약의 위험성을 잘 모르고 함부로 다루었기 때문이다. 설상가상으로 다시 노벨의 공장까지 폭발하고 말았다. 결국 노벨은 많은 사람으로부터 비난을 받으며 니트로글리세린 화약을 포기해야만 했다.

하지만 노벨은 니트로글리세린 화약이 시도 때도 없이 폭발하는 문제점을 밝혀내기로 마음먹었다. 그런 그의 노력은 헛되지 않았다. 그는 그 화약이 액체로 되어 있어서 조금만 흔들려도 밖으로 새어 나와 폭발한다는 사실을 밝혀내고 니트로글리세린을 고체로 만드는 방법을 연구하였다.

마침내 그는 규조토에 니트로글리세린을 스며들게 하여 안전하게 화약을 운반할 수 있게 되었다. 다이너마이트가 탄생하는 순간이었다. 그의 연구가 결실을 맺어 안전하면서도 강력한 폭발력을 가진 다이너마이트를 발명해낸 것이다. 이런 노벨의 결실은 결코 실패에 좌절하지 않고 그 실패를 재도약의 계기로 삼았기에 가능했다. 다시 말해 노벨은 실패를 했기 때문에 더 큰 성공을 이룬 인물이 된 것이다.

실패를 반면교사 삼아 승승장구한 조조

위나라를 건립한 조조도 하루아침에 성공한 사람은 아니다. 그도
자신의 왕국을 세우기까지 죽을 고비를 수없이 넘겼다. 전쟁에서
의 실수는 곧 죽음을 의미한다. 그래서 전쟁에서는 실수를 절대 용
납하지 않는다. 그러나 아무리 주의해도 사람이 완벽할 수는 없다.
실수는 반드시 따르기 마련이다.

삼국지 영웅 중 지략이 뛰어나다는 조조도 예외일 수는 없었다.
조조가 제후 연합군과 합세하여 황제를 농락하며 권력을 마음껏
휘두르는 동탁을 칠 때의 일이다. 유비 삼형제의 활약으로 동탁이
제후들의 연합군에게 패하자, 동탁은 그 당시 수도인 낙양을 불태
우고 장안으로 도망을 갔다.

판단력이 뛰어난 조조가 이런 기회를 놓칠 리가 없었다. 조조는
제후들에게 도망가는 동탁을 치자고 제안했지만, 다른 제후들은
전리품을 챙기는 데만 신경 쓸 뿐 조조의 말에는 전혀 관심이 없었
다. 조조는 이 기회를 놓칠 수 없다는 생각에 혼자서라도 동탁을
치기 위해 동탁의 뒤를 급히 추격하였다.

그러나 결과는 참담하였다. 조조가 미처 복병을 생각하지 않고
추격하는 데만 열을 올린 것이 화근이었다. 결국 조조의 군대는 동
탁이 숨겨 놓은 복병을 만나 처참하게 무너졌고 조조는 부하 장수
의 도움으로 간신히 목숨을 구할 수 있었다. 한순간의 방심과 무리
한 추격이 기회를 위기로 바꾸어 놓은 것이다.

이때 조조는 자신에게 몸을 맡긴 병사들이 자신의 잘못된 판단
으로 처참히 죽어가는 모습을 보면서 지도자가 올바로 판단해야

병사들도 살 수 있다는 큰 깨달음을 얻었다.

"내 조급함으로 인해 죄 없는 군사들만 잃고 말았구나. 장수의 잘못된 판단이 이렇게 무서운 결과를 가져오는구나. 앞으로 이런 실수는 두 번 다시 하지 않겠다."

조조는 처참하게 패한 일을 반면교사로 삼았다. 그후로 조조는 승승장구한다. 조조에게는 이때의 실수가 성공할 수 있는 계기가 되었던 것이다. 이처럼 실패는 사람을 더 강하게 만드는 계기가 될 수 있다. 그래서 자신의 실패를 스스로 인정할 수 있는 사람이 진정한 승리자가 될 수 있는 것이다.

그러나 대부분의 사람들은 조조처럼 실패를 성공의 계기로 만들지 못한다. 보통 사람들은 스스로 실패했다는 것을 인정하지 않으려 한다. 그래서 실패하면 왜 실패하게 되었는지 이유를 파악하려고 하지 않고 다른 것을 탓하거나 구차한 변명을 늘어놓기 일쑤다. 전혀 자신은 잘못하지 않았는데 세상이 이상하게 돌아가 실패를 했다는 것이다.

이런 사람들은 성공할 가능성이 거의 없다고 해도 과언이 아니다. 이들은 왜 실패를 했는지 자신을 돌아보고 반성해서 다시는 그런 일이 일어나지 않도록 해야 하는데도 불구하고 반성할 기미는 보이지 않고 변명만 한다. 그런 사람은 또 다시 똑같은 실수로 실패할 가능성이 높다. 성공하기 위해서는 조조처럼 실패를 반면교사 삼는 자세가 필요하다.

요즘 청소년들은 자신의 잘못을 인정하기보다는 다른 사람을 탓하는 경우가 흔하다. 공부를 잘 못해도 자신의 노력 부족을 탓하기보다는 부모를 탓하는 경우가 더 많다. 이런 청소년들은 사회에 나가서도 같은 실수를 되풀이해 성공할 수 있는 기회를 잃어버릴 공산이 매우 크다. 남을 탓하는 사람은 스스로 노력하지 않기 때문이다.

또한 한 번 실패했다고 곧바로 자신이 하던 일을 포기하고 새로운 일에 도전하는 경우도 있다. 이 경우 역시 재기불능의 상태에 빠질 수 있다. 새로운 일을 하게 되면 처음부터 다시 시작해야 한다. 어떤 일을 처음부터 다시 시작하는 것은 많은 시간과 정열을 필요로 할 뿐만 아니라 처음 하는 일이라 실패할 확률도 그만큼 높아진다.

그러므로 실패했다 하더라도 아주 특별한 경우가 아니면 실패를 거울삼아 하던 일을 계속 해야지 전혀 다른 일을 해서는 안 된다. 실패했다고 여러 가지 다른 일을 하다보면 다시는 일어날 수 없는 재기불능 상태에 빠지게 된다.

나폴레옹과 히틀러가 망한 이유

그런데 한 번의 실패가 인생에서 치명적인 경우가 있다. 이러한 경우는 욕심이 지나치게 앞섰을 때 흔히 발생한다. 대부분의 사람들은 목적한 바를 빨리 얻으려 한다. 그러다 보면 당연히 무리수를 던지게 된다.

"내 사전에 불가능이란 없다."고 호언장담했던 나폴레옹이 왜 러시아 원정에서 처참하게 패배하였는가? 히틀러 역시 나폴레옹과 똑같은 실수로 자살할 수밖에 없었다.

나폴레옹이나 히틀러는 자국의 경제적 어려움을 없앤다는 명분 아래 타국의 희생을 강요한 사람들이다. 특히 히틀러는 반유대주의를 부르짖으며 유대인을 철저히 희생시켰다는 점에서 나폴레옹보다 더 악랄하다고 할 수 있다.

이들은 자국의 이익을 위한다는 명목으로 전쟁을 일삼으며 자신들의 권력욕을 만족시키려 했으며, 유럽 전역을 전쟁으로 몰고 간 전쟁광들이었다. 그들은 전쟁을 통해 자신들의 권력을 더 강화하려고 했다. 시간이 흐를수록 그들의 권력은 끝없는 탐욕으로 바뀌었고 세계를 상대로 전쟁을 확장하려 했다.

그러나 그들은 자신들이 삼키기에는 너무나 덩치가 큰 러시아를 삼키려다 그만 목에 걸려 자신들이 질식사하고 말았다. 러시아 특유의 혹독한 추위와 배고픔을 유발한 기막힌 전략은 그들의 야망을 사정없이 짓밟았다. 결국 나폴레옹과 히틀러의 탐욕이 화를 부른 것이다.

이처럼 탐욕에 깊이 빠져든 사람들의 실패는 불 보듯 뻔하다. 탐욕은 자신의 능력을 과신하게 하여 오만해지고 교만하게 만든다. 오만해지고 교만해지면 자신의 약점은 보지 못할 뿐 아니라 상대방을 우습게 본다. 그래서 탐욕에 빠져 있는 사람은 실패할 수밖에 없다.

왜 통제가 없는 자본주의 경제가 세계 대공황으로 추락하는 것일까? 통제 없는 욕망이 탐욕으로 변하기 때문이다. 탐욕으로 변한 자본주의는 무분별한 생산과 소비로 인해 결국 파멸로 갈 수밖에

노자 기원전 565년경 활동?

유학과 쌍벽을 이루는 도가사상의 창시자이다. 초나라 고연에서 출생했고 춘추 시대 말기 주나라의 장서실 관리인이었다. 공자(BC552~479)가 젊을 때 노자를 찾아가 가르침을 청한 것으로 알려졌다. 그는 주나라가 멸망한 후 은퇴할 것을 결심하고 서쪽으로 떠났다. 그런 도중 관문지기의 요청으로 두 편의 책을 써주었다고도 한다. 이것을 《노자》라고도 하며 《도덕경》이라고도 한다.

노자 철학의 핵심은 무위자연이다. 노자 철학은 모든 인위적인 것을 거부한다. 유학에서 강조하는 도덕이라는 것도 알고 보면 인간을 구속하고 속박하여 우리를 불행에 빠트리는 굴레가 될 수 있다. 그래서 노자는 유학에서 강조하는 윤리·도덕을 거부한다. 도덕성을 내세우다가 도덕이라는 것도 결국에 가서는 더 강한 억압을 부를 것이라고 노자에게 면박을 당한 공자는 노나라에 돌아와 제자들에게 노자에 대해 이렇게 말했다.

"새가 잘 날고 물고기가 헤엄을 잘 치며 짐승이 잘 달리는 것은 나도 잘 알고 있다. 달리는 놈이란 그물로 잡을 수 있고, 헤엄치는 놈이라면 낚싯줄로 낚을 수 있고, 나는 놈은 화살로 쏘아 잡을 수 있다. 그러나 용이 구름과 바람을 타고 하늘로 올라가니 나로서는 어찌할 수 없다. 내가 만나 본 노자는 마치 용과 같은 인물이다."

없다. 경쟁이 치열한 세상에서는 성공의 확률보다 실패의 확률이 훨씬 높다. 그래서 반드시 실패할 경우를 대비하고 탐욕으로 인한 무분별한 투자를 삼가야 한다. 그래서 노자는 다음과 같이 말한다.

"이 세상에서 가장 큰 죄는 끊임없는 욕망에 기인한다. 또한 최대의 재앙은 만족할 줄 모르는 데에서 기인하며 최대의 잘못은 이익을 탐하는 마음에서 기인한다."

현명한 사람은 실패를 대비해 모든 돈을 투자하여 목숨을 걸지 않는다. 그리고 실패할 경우를 대비해 작전상 후퇴할 수 있는 길을 열어 놓기도 한다. 그래야 실패를 했을 경우에도 재기할 수 있기 때문이다. 배수진은 더 이상 뒤로 갈 수 없을 때 쓰는 최후의 수단임을 명심하자.

실패에는 반드시 조짐이 있다

실패가 파국으로 가는 것을 막기 위해서는 실패할 조짐을 알아채야 한다. 분명 파국이 오기 전에는 불미스러운 조짐이 있기 마련이다. 나폴레옹이 러시아를 침공했을 때 군사들 중에는 나폴레옹을 전쟁광이라며 대놓고 비난하는 자들이 있었다. 히틀러의 경우는 더욱 심했다. 전쟁이 계속되자, 독일 장교들이 히틀러를 암살하려는 사건이 일어나기도 했다. 이런 일련의 불미스러운 조짐들은 그들의 전쟁에 대한 반대를 말하는 것이다.

그런 상황에서도 나폴레옹과 히틀러는 끝까지 자신의 생각을 바꾸지 않고 밀고 나갔다. 무언가 자신들의 미래에 대한 불길한 조짐이 일어나고 있는데도 불구하고 그들은 강행군을 하였다. 그래서 그들은 결국 파국을 맞이하였다. 만일 그들이 이런 조짐을 알아차리고 평화협정을 맺으려고 했다면 처참한 패배로 이어지지는 않았을 것이다.

그래서 우리는 뭔가 좋지 않은 일이 자꾸 발생하면 자신의 생각에 문제가 있음을 직감하고 자신을 뒤돌아보고 너무 늦지 않도록 새로운 돌파구를 마련해야 한다. 그렇지 않으면 재기불능의 실패로 이어질 수 있음을 명심하자.

그렇다고 실패를 두려워해서는 안 된다. 실패를 함으로써 세상의 지도가 완성된다. 에디슨의 일화는 이것을 잘 보여준다. 에디슨은 1,100여 건의 크고 작은 발명을 한 명실상부한 세계 최고의 발명왕이라 할 수 있다. 그는 백열전구를 발명하기 위해 2,000번 이상 실험하였고, 건전지는 1만 번 이상 실험을 하여 발명하였다.

주위 사람들은 에디슨에게 왜 그렇게 실패하면서도 포기하지 않느냐고 물었다. 그때 에디슨은 단호하게 말했다.

"나는 결코 실패한 것이 아니다. 다만 1만 번의 적당하지 않는 방법들을 깨달았을 뿐이다."

우리는 에디슨을 통해 무엇을 배울 수 있는가? 에디슨은 실패를 결코 실패로 생각하지 않았다. 그는 실패를 통해 자신의 잘못을 인정하고 거기에 맞는 새로운 방법을 찾아 끝없이 노력했다. 에디슨에 있어 실패란 성공으로 가는 과정에 지나지 않았다.

그가 "천재란 1%의 영감과 99%의 노력의 산물이다."라고 한 것도 실패를 무릅쓰고 끊임 없이 노력하지 않으면 안 된다는 것을 암시한다. 실패를 무릅쓰고 노력하는 자만이 최후의 승리자가 될 수 있는 것이다.

역경을 기회로 만든 사람들

그렇지만 사람이 살다보면 한번쯤은 실패를 할 수밖에 없고 뜻하지 않는 역경을 만나기도 한다. 열심히 살고 있는데도 생각지도 않는 곳에서 문제가 터져 힘들게 되는 경우가 있다. 홍수가 나서 모든 것을 잃을 수도 있고, 전쟁이 일어나 가족을 잃고 생사의 갈림길에 설 수도 있다.

피할 수 있으면 좋겠지만 역경은 살다 보면 누구에게나 한번쯤은 닥치게 되는 일이다. 단지 언제 오느냐가 문제이다. 역경이 어린 시절에 올 수도 있고, 인생의 중간에 올 수도 있고, 말년에 올 수도 있다. 매도 빨리 맞는 것이 나은 것처럼 역경도 빨리 오는 것이 낫다. 젊었을 때는 그런 역경을 이겨낼 수 있는 충분한 힘과 시간이 있지만, 나이가 먹으면 그렇지 못하다. 그리고 젊었을 때 역경을 치르고 나면 역경을 극복할 수 있는 지혜까지 얻어 인생을 제대로 가꾸는 주춧돌이 된다.

그러나 역경은 누구나 피하고 싶어 한다. 혼자서 가시밭길을 간다는 것은 너무나 고통스럽고 고단한 일이다. 또한 사람들은 역경에 처했을 때 제대로 대응하지 못하여 오히려 더 깊은 수렁에 빠지기도 한다.

역경에 빠지는 순간 빨리 역경에서 벗어나려고 마음의 여유를 잃고 서두른다. 이렇게 되면 사태는 더욱 심각해져 돌이킬 수 없는 지경에 이른다. 급할수록 돌아가는 지혜가 필요한 것이다. 그러므로 역경에 처했을 때는 도약할 수 있는 힘을 비축하면서 때를 기다리는 것이 무엇보다 중요하다.

실제로 역경은 인간을 더욱 강하게 만들어 재도약 할 수 있는 계기를 만들어주기도 한다. 큰일을 한 사람은 언제나 역경을 딛고 일어난 사람들이라는 것을 잊지 말자. 험난한 비탈길에서도 포기하지 않고 꿋꿋하게 오르려는 사람에게만이 산꼭대기에서 세상을 관조할 수 있는 자격이 주어지는 것이다.

궁형을 당한 사마천, 《사기》로 일어서다

《사기》를 쓴 사마천을 보자. 사마천의 아버지, 사마담은 한나라의 천문을 담당하는 태사령이었다. 사마천은 아버지의 뜻에 따라 중국의 역사서를 쓰기 위해 어린 시절부터 고문서를 연구했고 젊어서는 전국 방방곡곡을 돌아다니며 견문을 넓혔다.

아버지가 세상을 떠나자, 그는 아버지의 뒤를 이어 한나라의 태사령이 되었다. 태사령이 되어서도 사관의 기록과 궁중에 소장된 책들을 꾸준히 정리해나갔다. 사마천으로서는 모든 일이 평탄하게 진행되는 듯 했다.

하지만 그에게 뜻하지 않는 역경이 다치고 말았다. 그 당시 한나라의 명장 이릉이 별동대를 편성하여 흉노를 공격하였다. 처음에 그는 혁혁한 공을 세웠다. 하지만 5,000명이라는 적은 수의 군사로 대군을 상대하다보니 무기가 떨어져 더 이상 싸울 수가 없었다. 그는 더 이상 싸우는 것은 무모하다고 생각하여 흉노에게 항복하였다. 그 당시 이릉의 항복은 부하들의 무고한 생명을 보호하기 위한 불가피한 선택이었다.

그러나 한나라 무제는 싸우다 죽지 않고 항복한 이릉을 비겁자라고 비난하였다. 이때 사마천은 무기가 떨어져 어쩔 수 없는 선택이었으며 군사만 더 있었다면 그렇지 않았을 것이라고 이릉을 두둔하였다. 이것을 두고 한 무제는 자신이 군사를 보내지 않아 그렇게 되었다는 식으로 해석하여 사마천에게 사형이라는 극약 처방을 내리고 말았다. 사마천의 죄명은 황제에 대한 무고죄였다. 당시 사형을 선고 받은 사람은 허리를 잘리거나, 50만 전의 속죄금을 내거나, 완전히 거세당하는 궁형을 받아야 했다. 그는 돈이 없어 궁형을 택했다.

그는 궁형을 당하고도 좌절하지 않았다. 그는 이 치욕스런 일을 자신의 본래 모습을 되찾는 계기로 삼았다. 마침 한 무제도 사마천의 재능을 인정하여 문서를 관장하는 직책을 주었다. 사마천은 역사서를 완성해야 한다는 일념으로 그 직책을 기꺼이 받아들였다. 그 관직에 있으면 모든 서한을 자유롭게 볼 수 있기 때문이다.

그는 극형에 대한 분노를 삭이면서 얼마 남지 않은 인생을 역사서를 집필하는데 바치기로 하였다. 마침내 그는 궁형이라는 치욕을 말끔히 털어내며 1백 30권의 《사기》라는 책을 10년에 걸쳐 완성했다.

유배지에서 학문을 체계화한 정약용

다산 정약용도 사마천과 같이 역경을 딛고 기적을 일군 사람이다. 정약용은 우리의 것을 기본으로 해야 하지만, 때로는 나라의 발전을 위해서 앞선 서양의 문물을 받아들여야 한다고 생각했다. 이런 그의 개방적인 태도 때문에 그는 천주교 신자로 오인 받았고 그것이 두고두고 그의 발목을 잡았다.

정약용은 그 당시 당파 싸움의 희생양이었다. 그는 정조의 절대적 신임을 받았다. 특히 한강에 부교를 설치하고 거중기를 만들어 수원성을 축조하면서 보여준 정약용의 기술적 재능이 정조의 위상을 높여주는데 좋은 역할을 하였다. 또한 왕명을 받고 암행어사로 활동할 때, 그 당시 실력자 서용보의 부정축제를 적발하여 고발함으로써 그를 파직시키는 기염을 토하기도 하였다.

그래서 천주교를 탄압하는 사건이 터졌을 때도 정조는 정약용을 크게 처벌하지 않았고 얼마 지나지 않아 원래의 위치로 복귀시켰다. 그래도 천주교를 신봉한다는 이유로 적대 세력들이 공격하자, 정조는 정약용을 지방으로 내려 보내 그를 보호하기까지 하였다.

그러나 이런 보호막도 오래 가지 못했다. 정조의 갑작스런 죽음이 그를 위기로 몰고 간 것이다. 정조가 죽자 반대파인 노론이 권력을 잡았고 그들은 천주교 신자들을 반역자로 낙인 찍어 철저하게 탄압하기 시작하였다. 천주교 신자들 대부분이 노론과 적대관계에 있는 남인이었기 때문이었다. 남인들은 일부 처형되거나 귀양살이를 갔다. 정약용은 경상도 장기로 유배되었다. 당시 조정일각에서는 정조의 신임을 받은 정약용을 석방하려 했지만 정약용이 부정축제 혐의로 고발한 서용보의 반대로 무산되고 말았다.

정약용은 이때를 자신의 학문을 체계화하는 기회로 생각하였다. 하지만 이것도 허락되지 않았다. 정약용의 조카사위인 황사영이 조선 교회의 박해 사실을 연경의 주교에게 전하려다 발각되는 '황사영 백서사건'이 터졌다. 이것을 기회로 노론 강경파들은 천주교를 완전히 소탕하려고 하였다. 다행히 정약용은 지난날의 공적을 인정받아 사형은 면하였고 전남 강진으로 유배되었다.

강진에 도착한 정약용은 세상과 인연을 끊고 학문에만 정진하였다. 그는 유배지에서만 수십 권의 책을 저술하였다. 그리고 귀양살이에서 풀려 고향에 돌아와서도 거의 외부 출입을 끊은 채 집필에만 몰두하였다. 이러한 그의 불굴의 정신은 무려 508권이라는 방대한 양의 저서를 남기는 괴력을 발휘하였다. 그래서 그는 불우한 생활에 굴복하지 않고 역경을 딛고 일어선 불세출의 대학자가 될 수 있었다.

귀머거리 음악가 베토벤

베토벤 역시 역경을 딛고 선 음악가이다. 그는 젊은 나이에 귀가 울리는 이명이라는 병에 시달렸다. 피곤한 탓이라고 생각해 푹 쉬었지만 잘 낫지 않았다. 베토벤이 평소에 자신을 잘 돌보아 주던 주치의를 찾아가자, 그 의사는 시골에 가서 요양을 하라고 권유했다. 베토벤은 의사의 말을 따라 하일리겐슈타트라는 시골로 요양을 갔다.

그러나 요양도 소용이 없었다. 베토벤은 나무 사이를 오가며 노래하는 새소리를 들을 수 없었다. 완전히 귀머거리가 된 것이다. 그때 그의 나이는 겨우 28세였다. 소리가 생명인 음악가로서 그는 절망하였다. 모든 것이 끝났다는 생각에 두 동생에게 유서까지 썼다. 이 유서를 '하일리겐슈타트 유서'라고 한다.

죽음이 언제 오든지 기쁘게 맞이하리라. 내가 가진 예술적 재능을 모두 발휘하기 전에는 설령 내 운명이 아무리 가혹하게 나를 괴롭히도 나는 죽고 싶지 않다. 그러나 죽음의 신이여, 용감히 너를 맞으리니 언제든지 오라. 안녕, 내가 죽은 후에도 나를 잊지 마라. 일생 동안 그 정도는 너희에게 해주었다. 너희들을 행복하게 해주려고 너희 생각을 자주했다. 그러니 행복해라.

1802년 10월 6일 하일리겐슈타트에서
동생 카를과 요한에게 남긴 유서

두 동생에게 유서를 남긴 베토벤은 다음 날 짤막한 유서를 다시 쓴다.

하일리겐슈타트, 1802년 10월. 이것으로 너희에게 작별을 고한다. 진실로 슬픔에 잠겨 있다. 그래, 이곳에 올 때만 해도 희망이 있었다. 이젠 모든 것을 포기해야만 한다. 가을 잎새들이 땅에 떨어져 시들어 가듯 나의 희망도 사라졌다. 이 세상에 태어날 때처럼, 그렇게 나는 떠나간다. 아름다운 여름날에 샘솟던 용기도 사라졌다. 오 하나님!! 제게 순수한 기쁨의 날을 다시 한 번 베풀어 주소서.

하지만 유서를 쓰고 나자 베토벤에게 변화가 생기기 시작하였다. 가슴이 후련해지고 마음이 차분히 가라앉는 느낌이었다. 그리고 마음 한 구석에서 갑자기 희망의 소리가 울려 나오기 시작하였다.

'죽어서는 안 된다. 나에게는 음악이 있다. 음악이 있는 한 나는 살아갈 것이다.'

베토벤은 잠에서 깨어나듯 자리를 박차고 일어났다. 귀가 들리지 않는다고 해도 작곡은 할 수 있다는 생각이 번득 떠오른 것이다. 그리고 그는 고통이 없는 예술은 참된 감동을 줄 수 없다고 생각하였다. 마침내 베토벤은 음악을 생각하면서 죽음의 문턱에서 힘차게 일어났다.

그는 요양지에서 돌아와 빈에 새로운 거처를 정한 다음 외부와의 연락을 끊고 그곳에서 작곡에만 열중하였다. 그리고 창작열에 불타 불멸의 교향곡을 만들어갔다. 베토벤은 역경을 새로운 도약의 발판으로 삼아 역사에 빛나는 음악가가 되었다.

역경은 심신을 단련시키는 용광로

이처럼 자신의 생활을 송두리째 빼앗아가는 역경은 그 당시 상황에서는 너무나 고통스러운 것이지만 자신이 꿈꾸어 오던 일을 할 수 있는 또 다른 계기가 된다. 사마천은 남근이 제거되는 굴욕적인 상황에서도 자신의 꿈을 포기하지 않고 역사서를 완성했으며, 정약용은 날개가 잘린 상황에서도 세월을 탓하지 않고 자신의 에너지를 완전히 소진하며 책을 집필하여 나라를 바로 잡으려 했다. 베토벤 역시 음악가로서는 사형선고와도 같은 귀머거리를 극복하여 감미로운 음악의 세계를 열었다.

이들은 인간의 위대함을 다시 한번 일깨워준다. 인간의 위대한 힘은 세상을 원망하지 않고 역경을 딛고 일어서는 데 있다. 큰일을 하는 사람은 누구도 원망하지 않으며 그런 환경에 순응하며 무언가를 하려고 한다. 그리고 불굴의 집념을 갖고 역경을 딛고 자신의 세계를 완성한다.

《채근담》에서는 이렇게 말한다.

"역경이나 빈곤은 인간을 훌륭하게 연마시키는 용광로와 같다. 이 속에서 단련되면 심신이 모두 강해진다. 단련될 기회를 가지지 않으면 좋은 인간으로 성장할 수 없다."

그런데 보통의 사람들은 역경과 마주칠 용기가 없어 역경을 피하고 쉽게 갈 수 있는 길을 택하려 한다. 하지만 쉽게 가려고 하는 길은 내리막길뿐이다. 최고의 경지에 도달하기 위해서는 누구도 엄두를 내지 못하는 가시밭길을 선택하는 결단력과 용기가 필요하다. 그 길을 피하면 피할수록 높은 고지를 정복할 수 없을 뿐 아니라 결국에는 추락할 수밖에 없다.

토사구팽당한 한신

한신의 경우를 보자. 한신은 유방을 도와 한나라를 세우는 데 결정적인 기여를 한 일등공신이다. 한신은 젊은 시절 충분히 칼을 뽑아 건달을 칠 수 있었지만 그렇지 않고 건달의 바짓가랑이 사이를 기어간 것으로 유명한 장군이다. 그는 인내하며 모욕을 참을 줄 알아야 진정한 승리를 쟁취할 수 있음을 온몸으로 보여준 사람이다. 한신이 건달과 싸움을 하지 않은 것은 오늘의 치욕을 이겨내야 내일

의 영달이 있다는 것을 젊은 나이에 깨달았기 때문이다.

한신은 원래 항우의 군사였지만 항우는 한신의 능력을 제대로 파악하지 못했고 한신의 말을 묵살하였다. 그러자 한신은 유방이 다른 사람의 말을 잘 들어준다는 소리를 듣고 유방의 군사가 된다. 유방도 처음에는 한신의 능력을 알아보지 못했지만 한나라 재상이 된 소하를 통해 발굴되었다. 한신은 바로 군권을 잡는 군사로 임명되었다.

유방은 한신을 얻기까지 항우와의 싸움에서 이겨 본 적이 없었다. 그렇지만 한신을 얻고 나서 항우와의 전투에서 승리하는 기쁨을 맛보게 된다. 한신이 전차부대를 만들어 항우가 이끄는 무적의 기마부대에게 처참한 패배를 안겼기 때문이다. 또한 한신은 조나라 20만 대군을 1만의 군사로 배수진을 치고 격파하는 기염을 토하더니 제나라까지 멸망시켜 스스로 제왕의 자리까지 올랐다. 이제 한신의 세력은 항우나 유방과 대적할 수 있을 정도로 큰 세력을 형성하였다.

그러자 한신을 보좌하는 괴통은 지금은 유방과 같이 갈 수 있지만 나중에는 원수가 될 수 있다고 하며 한신에게 유방으로부터 독립하여 자신의 길을 가라고 충고하였다. 즉 유방과 항우, 그리고 한신이 세상을 삼분하라는 것이었다. 그렇지만 한신은 유방을 배신할 수 없다며 그의 제안을 거부하였다. 항우가 한신과 손을 잡자고 해도 한신은 똑같은 이유로 그것을 거부하였다.

한신이 자신의 제안을 거부하자, 괴통은 한신을 떠나갔다. 마침내 유방이 항우를 물리치고 천하를 통일하자, 유방은 전쟁의 달인인 한신이 두려웠다. 그래서 유방은 한신이 반란을 꾀했다는 죄목으로 한신을 처형하려고 하였다.

한신은 결국 유방에게 잡혀 왔다. 그러자 그는 유방에게, "날랜 토끼를 잡으면 사냥개를 잡아 삶아 먹고, 나는 새를 잡으면 활을 깊숙이 보관하며, 적국을 격파하면 모신을 죽인다."라고 자신이 토사구팽을 당했다고 말했다. 하지만 한 번 던져진 운명을 되돌릴 수는 없었다.

한신이 이처럼 큰 공을 세우고도 비참한 최후를 맞이한 것은 결국 자기에게 찾아온 기회를 스스로 저버렸기 때문이다. 그는 자신의 한계를 깨고 높이 나는 것을 두려워했고 유방과 싸워야 한다는 최악의 상황을 피하려 했다.

그러나 결과는 어떻게 되었는가? 한신이 더 높이 날려고 결단력 있고 용기 있는 행동을 했다면 그렇게 처참한 최후를 당하지는 않았을 것이다. 그러나 기회가 왔을 때 망설이는 바람에 그는 제왕이 될 수 있는 기회를 놓쳤을 뿐만 아니라 대역죄로 몰려 가족까지 몰살당하는 비운의 장수가 되었다.

결론적으로 한신은 싸움을 잘하는 장수였지만 나라를 이끌만한 그릇은 아니었다. 기회가 왔을 때는 용기를 갖고 과감하게 행동해야 한다. 최악을 상황을 피하고 쉽게 가려는 것은 자신의 기회를 잃을 뿐 아니라 다른 사람에게 기회를 빼앗게 된다. 한신은 이런 사실을 몰랐다. 괴통이 그런 사실을 귀띔 해주어도 용기가 없어 스스로 추락의 길로 들어 선 것이다.

루비콘 강을 건넌 카이사르

여기에 비해 카이사르는 달랐다. 같이 로마를 이끌던 폼페이우스가 원로원과 짜고 카이사르를 제거하려고 했을 때 카이사르는 어떻게 하였는가?

카이사르는 지금의 프랑스인 갈리아를 정복하기 위해 갈리아 지방에 가서 전쟁을 하고 있었다. 카이사르는 연전연승으로 명성을 크게 떨치고 있었다. 그런데 같이 삼두정치를 하면서 둘 사이를 감시하던 크라수스가 카이사르처럼 명성을 얻기 위해 전쟁을 하다가 죽자, 폼페이우스는 권력을 자신의 손아귀에 넣기 위해 원로원과 짜고 카이사르를 집정관에서 해임시키고 말았다. 폼페이우스는 카이사르에게 서신을 보내 군대를 해산시키고 혼자서 로마로 오라고 하였고, 만일 군사를 이끌고 오면 반역자로 몰겠다는 명령서를 내렸다.

카이사르에게 결단을 내릴 순간이 왔다. 로마로 혼자 가는 것은 죽음의 길로 가는 것이며, 루비콘 강을 건너는 것 또한 반역죄를 저지르는 것이었다. 그 사이 폼페이우스는 카이사르의 군사력을 무력화시키기 위해 카이사르에게 빌려준 군대를 돌려보내라고 하였다. 그래서 카이사르는 그 군사를 순수하게 돌려보냈다. 이제 카이사르가 보유하고 있는 군사는 기껏해야 기병 300명과 보병 5,000명에 지나지 않았다.

그러나 결단을 내려야만 했다. 카이사르는 더 이상 물러 설 수 없다고 생각하여 기습을 감행하기로 하였다. 그리고 서둘러 군대를 이끌고 재빨리 로마로 진격하였다. 그리고 갈리아와 로마의 국경인 루비콘 강에 도착하였다. 군대를 거느리고 루비콘 강을 건너면 반란죄가 성립되었다. 카이사르는 그곳에서 한참 망설였다. 그렇지만 그는 "주사위는 던져졌다."라고 말하며 마침내 로마로 진격하였다.

카이사르의 기습적인 공격에 로마는 혼란에 빠졌다. 폼페이우스는 훨씬 많은 군사를 거느리고 있었음에도 불구하고 어떻게 할지 몰라 당황하였다. 마침내 폼페이우스는 비상사태를 선포하고 로마에서 철수하는 어리석은 행동을 하고 말았다. 덕분에 카이사르는 피 한 방울 흘리지 않고 로마에 입성하였고, 대전이 일어난 지 60일도 안 되어 카이사르는 로마의 지배자가 되었다. 그는 폼페이우스를 제거하기 위해 끝까지 추적하였고 결국 폼페이우스는 카이사르를 두려워 한 부하 장수에게 살해당하고 말았다.

카이사르는 더 이상 물러나면 자신에게 영광이 없다는 사실을 간파하고 적은 군대를 가지고 기습 작전을 감행하는 용기와 결단력을 보였다. 반면 많은 군사력을 가진 폼페이우스는 카이사르가 불과 5,300명에 지나지 않는 군사를 이끌고 쳐들어와 겨우 도시 하나를 점령했을 뿐인데도 잔뜩 겁을 먹고 황급히 수도 로마를 버리고 도주하고 말았다. 카이사르의 용기와 결단력 앞에 그는 손 한 번 써보지 못하고 역사 속으로 사라지는 비운의 주인공이 되었다.

이처럼 두려움을 떨치고 과감히 행동하는 것은 상대방을 당황하게 만들어 기회를 쟁취할 수 있다. 반면에 우유부단하여 망설이며 우물쭈물하는 것은 대세를 그르치고 자신에게 올 수 있는 기회를 스스로 박탈하는 것이 된다.

큰일을 하려면 반드시 용기가 필요하다

인생에서 하늘을 날 수 있는 기회는 여러 번 오지 않는다. 그리고 이런 기회에는 반드시 위험이 도사리고 있다. 이런 위험은 우리에게 하나의 도전으로 비쳐진다. 카이사르처럼 도전을 훌륭하게 극복하는 사람은 인생을 정복할 수 있지만, 폼페이우스처럼 도전을 받았을 때 두려움에 방황하게 되면 인생의 패배자가 되고 만다.

지금같이 치열한 경쟁 사회는 전쟁터와 같다. 전쟁터에 있으면서 죽음을 두려워하여 싸우지 않는다면 살아남을 수 있겠는가? 그러므로 어려움에 부딪히면 그것을 피하지 말고 용기를 갖고 극복해야 한다. 그렇지 않고 두려움에 망설이면 기회는 다른 사람에게 넘어가고 자신은 몰락의 길을 가게 된다. 과감히 결단하는 것이 기회를 쟁취하는 원동력이 된다. 그래서 동서양의 철학자들은 지혜 못지않게 용기를, 우리가 갖추어야 할 소중한 덕으로 강조하였다.

한비자는 다음과 같이 말한다.

"큰일을 하는 사람은 결코 어려울 때 포기하는 법이 없다. 이들은 이성적인 태도로 냉정하게 어려움을 이겨낼 방법을 찾는다. 이런 용기와 이성이 없다면 난관을 이겨내기는커녕 오히려 패배할 것이다."

한비자 ?~BC 233

한비자는 왕족이었지만 어머니의 신분이 낮았으므로 대우받지 못하는 불우한 처지였다. 그래서 그는 일찍부터 학문 연구에 눈을 돌렸다. 한비자는 당대의 석학이면서 성악설을 주장한 순자에게 배우기 위해 그곳을 찾아갔다. 한비자는 순자에게서 학문을 배우는 동안 여러 학파의 학문을 두루 흡수하고 비판하면서 부국강병설을 체계화하였다. 그는 말재주가 없어 자신의 뛰어난 문장에 의존할 수밖에 없었다. 그의 문장을 모은 저서 《한비자》는 55편으로 구성되어 있다.

사마천의 《사기》에 의하면, 한비자가 자신의 도를 이용하여 타국을 정복한 나라도 진나라였고, 한비자가 옥사당한 나라도 진나라였다. 한비자가 옥사한 원인은 함께 동문수학했던 이사의 정치적 모함 때문이었다. 이사는 진나라의 재상으로서 진시황이 한비자를 중용할 것을 두려워하였다. 한비자는 전국 시대 말기에 태어나 중앙집권적 봉건전제 정치체제를 확립하기 위해 법치주의 이론을 집대성한 학자이다.

한비자의 철학은 인간성이 이기적이라는 데서 출발한다. 더욱이 인간의 욕망을 만족시키는 재화는 유한하다. 그래서 세상은 혼탁해졌다. 전쟁이 끊이지 않고 살생이 자행되는 것도 이 때문이다. 그러므로 한비자는 강력한 법을 만들어 나라를 다스려야 혼란을 방지해야 할 수 있다고 말한다.

기다림의 열매, '때'

기회는 누구에게나 온다. 또한 세상에 널려 있는 게 기회다. 가난한 사람이건 부자이건, 능력 있는 사람이건 무능력한 사람이건, 혹은 지혜로운 사람이건 우둔한 사람이건 기회는 사람을 가리지 않고 온다.

그러나 기회는 준비된 자의 몫이다. 기회가 와도 준비가 되지 않은 사람은 그 기회를 잡을 수 없다. 이런 사람은 자신에게는 기회가 오지 않는다고 불평하며 못난 자신을 변명하고 용서한다. 기회는 평상시 긴장을 늦추지 않고 노력하는 사람에게만 온다. 기회는 자주 오지 않는다. 자신도 모르게 왔다가 조용히 사라지는 것이기에 기회이다.

특히 세상이 혼란할 때는 일생을 통해 중요한 기회가 온다. 전쟁이 터지면 장수에게는 자신의 능력을 발휘할 중요한 기회가 오고, 정치·사회적으로 국가가 혼란할 때는 그것을 타개할 정치적으로 뛰어난 이에게 기회가 온다. 그러니 기회를 잡으려면 세상이 혼란하다고 방심하지 말고 노력하며 은밀히 때를 기다리는 지혜가 필요하다. 그렇지 않으면 위대한 꿈을 실현하기는 불가능하다.

이순신이 연전연승한 비결

이순신 장군이 임진왜란 때 23번 싸워 23번 승리할 수 있었던 원인은 무엇일까? 이순신 장군은 임진왜란이 일어날 것이라는 확신이라도 한 듯 전라좌수사로 부임하여 하루도 쉬지 않고 1년 이상 꾸준히 전쟁 준비를 하였다. 성곽과 무기, 전함의 정비 및 보수 상태를 점검하여 전비태세를 확립하였으며 최첨단 돌격선인 거북선 건조에 박차를 가했다. 뿐만 아니라 전쟁 준비를 게을리 한 군관들이나 관리들을 엄격히 처벌하여 군사들이 나태해지지 않게 하였다.

마침 새로 건조된 거북선에 돛을 달고 전투태세를 완료한 시점에 임진왜란이 터졌다. 준비된 자에게 기회가 온다는 말을 입증이라도 하듯, 이순신은 왜군과의 전투에서 연전연승을 하며 육지에서의 패배를 깨끗이 설욕하는 쾌거를 이룩하였다.

이순신의 승리는 열과 성의를 다한 것에 대한 대가였다. 그냥 거

저 얻은 승리가 아니었다. 그것은 앞날을 내다보고 철저히 준비한 것에 대한 하늘의 값진 보답이었다.

이처럼 무언가를 얻기 위해서는 철저한 준비와 대비를 해야 한다. 부지런하지 않고 나태한 사람에게 기회는 찾아오지 않는다. 설령 기회가 와도 그런 사람은 그 기회를 잡을 수 없다. 준비가 되어 있지 않기 때문에 굴러들어온 기회를 다른 사람에게 내주어야 하는 것이다.

천하를 낚은 강태공

강태공이 어떻게 천하를 건져 올릴 수 있었는가. 그는 책을 좋아해서 집안일은 돌보지 않고 오로지 책 보는 데만 열중하였다. 집이 갈수록 가난해져 끼니조차 이을 수 없을 지경이 되자 아내는 가난의 고통을 견디지 못하고 몰래 도망쳐 버렸다. 그렇지만 그는 포기하지 않고 계속해서 학문에 정진하였다.

그러던 어느 날 주나라 영주 서백창이 인재를 구한다는 말에 강태공은 강가에 나가 낚시를 하기 시작하였다. 이때 강태공의 나이는 70이 넘었다. 며칠 동안 낚시를 해도 그는 한 마리의 고기도 낚지 못했다.

한편 서백창은 사냥을 즐겼는데 그날따라 그는 한 마리의 짐승도 잡지 못했다. 저녁 무렵 집으로 돌아오려고 하는데 멀리 강가에서 낚시를 하는 사람이 보였다. 멀리 보기에도 풍채가 범상하지 않다고 생각한 서백창은 달려가 강태공과 몇 마디 대화를 해보았다. 대화를 통해 강태공이 뛰어난 인물임을 깨달은 그는 강태공을 궁궐로 모셔 스승으로 삼았다.

이후 강태공은 서백창을 도와 주나라를 크게 융성하게 하여 세상에 이름을 떨치더니 마침내 주나라 무왕을 도와 은나라를 멸망하게 하였다. 마침내 강태공은 주나라가 천하를 평정하는데 일등공신으로 인정받아 고향의 제후로 임명되었다.

제후가 된 강태공은 그 고장의 풍습을 존중하면서 제도를 정비했다. 그리고 특산물인 소금생산과 수산업을 크게 장려했다. 얼마 지나지 않아 제나라는 수많은 백성들이 모여 들어 번성을 자랑하게 되었다.

그러던 어느 날 강태공이 수레를 타고 시찰을 나갔다. 어떤 거리를 지나고 있는데, 낯익은 노파의 초라한 모습이 눈에 띄었다. 수레를 돌려 살펴보니 옛날 자기를 버리고 도망간 아내였다. 강태공이 부하를 시켜 그 여인을 불렀다. 아내는 강태공을 보고 놀라며 다시 함께 살 수 없느냐고 물었다.

그러자 강태공은 물을 한 그릇 가져오도록 하여 땅바닥에 쏟은 후 그녀에게 물을 다시 그릇에 주워 담으라고 하였다. 하지만 그녀는 물을 주워 담을 수 없었다. 그러자 강태공이 그녀에게 말했다.

"한 번 엎지른 물을 다시 주워 담을 수 없는 것처럼, 한 번 끊어진 인연도 다시 맺을 수 없소."

무명의 강태공이 하루아침에 세상에 이름을 떨치게 된 이유는 뭘까? 열심히 준비를 하며 조용히 때가 오기를 기다렸기 때문이다.

만일 중도에 그 일을 포기하고 생계에 신경을 썼다면 어떻게 큰일을 할 수 있었겠는가. 중도에 포기하는 것은 미래에 다가올 기회를 포기하는 것이나 마찬가지다.

강태공의 아내가 조금만 참고 기다렸다면 과연 그런 모습으로 떠돌아다니고 있었을까? 그녀는 중도에 포기했기 때문에 호강할 수 있는 기회를 놓치고 말았다. 그녀는 좀 더 참고 기다렸어야 했다. 그렇게 하지 못했기 때문에 말로가 비참하게 된 것이다. 중간에 일을 포기한 사람은 무슨 일을 하든 중간에 포기하게 된다. 그러므로 끝까지 일을 포기하지 않는 것이 성공의 전제조건이라고 할 수 있다.

이처럼 강태공의 성공은 인내와 인고의 산물이었다. 그는 아무리 현실이 어려워도 자신의 일을 포기하지 않았다. 보통의 평범한 사람이라면 가난의 고통을 피하려고 육체노동이라도 마다하지 않았을 것이다. 그렇지만 아내가 배고픔 때문에 도망가는 최악의 상황에서도 강태공은 포기하지 않고 때를 기다렸다.

강태공을 비추어 볼 때, 우리나라의 '빨리 빨리 문화'는 큰 문제가 있다. 만사를 빨리 하려고 하면 조급함 때문에 준비성이 부족하여 실패할 확률이 높다. 더욱이 조급하다 보면 쉽게 포기하게 된다. 기회나 성공은 자신이 생각한 것보다 항상 몇 걸음 늦게 온다. 자신이 아무리 능력 있고 일을 잘해도 세상이 그것을 알아주는 데는 시간이 걸린다.

그러므로 끝까지 포기하지 않고 기다리는 것이 성공의 필수전제조건이다. 그렇지 않고 중도에 포기하는 것은 자신의 성공 기회를 다른 사람에게 넘겨주는 것이나 마찬가지다. 따라서 현명하다면 아무리 힘들어도 자신의 일을 끝까지 놓지 말아야 한다.

이 차이가 천재와 천재가 아닌 사람을 만든다. 천재는 끝까지 일을 잡고 늘어지지만, 일반인은 '아니다' 싶으면 조금 하다가 쉽게 팽개치는 것이다. 그러므로 성공을 위해서는 조급함 대신 느긋함이 있어야 한다. 느긋함을 핑계 삼아 철저히 준비하고 참고 인내하는 자가 성공의 문에 다가서게 된다.

또한 강태공은 우리에게 지금 시작해도 늦지 않다는 사실을 여실히 보여준다. 강태공은 70이 넘어서야 겨우 출사표를 던졌다. 그렇지만 그는 주나라가 세상을 평정하는데 큰 역할을 하였다. 비록 늦게 출발했지만 항상 만반의 준비를 하고 기다렸기 때문에 큰일을 도모할 수 있었던 것이다.

이것은 늦었다고 해서 손을 놓으면 안 된다는 사실을 보여준다. 나이가 많아도 항상 자신의 일을 준비하고 있으면 언젠가는 빛을 볼 날이 있다. 강태공에 비하면 지금의 청소년은 무엇이든지 꿈꾸고 실행할 수 있는 나이가 아닌가.

58세에 명성을 얻은 세르반테스

세르반테스 역시 58세에 《돈키호테》를 출판할 당시까지 가난에 시달리며 살았다. 그는 집이 가난하여 정상적인 교육을 거의 받지 못했을 뿐더러 일찍이 전쟁에 참가해 가슴과 손에 큰 부상을

입고 말았다. 또한 전쟁에서 돌아오다 해적에게 붙들려 5년간 노예생활까지 하였다. 그는 35세가 될 때까지 이루어놓은 게 아무것도 없었다.

그렇지만 그는 좌절하거나 절망하지 않고 작품을 쓰기 시작하였다. 하지만 그는 성공한 작가가 아니었기에 50이 되었어도 가난을 벗어날 수 없었다. 가난을 극복하기 위해 다른 일도 해보았지만 모두가 허사였다. 그러나 그는 절망하지 않고 계속 작품을 썼고 마침내 《돈키호테》로 명성을 얻기 시작하였다.

이처럼 우리는 늦었다고 생각하고 손을 놓아서는 안 된다. 늦었다고 손을 놓는 순간 기회는 다시 찾아오지 않으며 성공은 우리 손에서 멀리 떠나간다. 지금 이 순간에 최선을 다하며 때를 기다리는 것이 중요하다. 인생은 생각만큼 짧지 않다. 인생 전체를 볼 때 늦었다고 생각한 지금이 가장 빠른 때일 수도 있다. 늦었다고 생각 말고 지금이라도 시작해야 한다. 그것이 행복을 잡을 수 있는 기회가 된다.

그리고 실패를 했으면 왜 실패했는가를 반성하고 그것을 거울삼아 꾸준히 노력하면서 다시 때가 오기를 기다려야 한다. 성공하고 안 하고는 실패했어도 그것에 좌절하지 않고 자신이 했던 일을 계속해서 정진하는 것에서 가름된다. 더욱 그 일에 정성을 쏟다 보면 성공은 자신도 모르는 사이 옆에 와 있게 된다. 그러므로 실패했다고 희망을 접어서는 안 된다. 실패 후에 더욱 분발하고 최선을 다하면서 때를 기다리는 것이 성공한 사람들의 공통된 특징이다.

역경에 처해도 초조해하지 말고 느긋한 마음으로 때를 기다리

자. 《채근담》에서는 다음과 같이 말한다.

"다른 꽃보다 빨리 피는 꽃은 지는 것도 빠르다. 이런 이치만 알고 있어도 도중에 포기하지 않으며, 공을 세우려고 초조해 하지 않는다."

천리 길도 한걸음부터, 세심하고 꼼꼼하게

한 번에 모든 것을 얻으려 해서는 안 된다. 천리 길도 한걸음에서 시작된다. 그러므로 한 번에 천리 길을 가려고 하지 말고 한걸음 한걸음 나아가면서 천리 길을 도모해야 한다. 또한 남이 한 번에 한 일이라도 자신은 백 번을 해서라도 그 일을 하겠다는 심정으로 일을 해야 한다. 그래야 당장은 성공하지 않더라도 훗날을 기약할 수 있다. 끝까지 우물을 파다 보면 언젠가는 물이 나오기 마련이다.

또한 준비를 할 때 세심해야 한다. 높고 튼튼한 제방도 개미나 땅강아지가 판 작은 구멍 때문에 무너지는 법이다. 그러니 아무리 작은 일이라도 소홀히 해서는 안 된다. 실패를 미연에 방지하고 큰일을 하기 위해서는 사소한 일에도 세심한 주의를 기울여야 하는 것이다. 대충대충 하는 일은 실패의 원인이 된다.

제갈공명이야말로 세심한 사람 중에 대표적인 인물이다. 그는 책상에 앉아 있지 않고 지형을 직접 둘러보고 주민들로부터 중요한 정보를 얻어 작전을 세웠다. 모든 정보를 꼼꼼히 검토하고 빈틈

없는 작전을 구사하여 불리한 여건에서도 승리를 할 수 있었다. 적벽대전에서 그는 겨울에 북서풍이 남동풍으로 간간이 바뀐다는 정보를 주민들로부터 얻어 조조 군을 섬멸할 수 있었다.

당 현종이 실패한 이유

그런데 대부분의 사람들은 중도에 포기하는 경우가 많다. 그 이유는 뭘까? 고통과 역경은 피하려 하고 안락한 생활만을 추구하려고 하기 때문이다. 누구나 처음에는 고통과 역경을 이겨내며 열심히 살려고 노력한다. 하지만 고통과 역경이 어느 정도 지속되면 한계상황에 부딪혀 편안하고 안락한 생활을 하고 싶어 한다. 그래서 처음에 가졌던 목적을 상실하고 현실과 대충 타협하며 살려고 한다.

왜 당나라 현종이 실패했는가? 그도 즉위했을 때는 "짐이 마르더라도 백성들이 살찌면 여한이 없다."라고 말하며 열심히 일했다. 그래서 '개원의 치'를 이룩하였다. 그러나 그것도 잠시였다. 그는 점점 거만해지면서 방탕한 생활을 하기 시작했다. 그러자 충신들은 쓴 소리를 하기 시작하였고 간신들은 이런 임금님의 비위를 맞추기 시작하였다. 임금의 총애를 받던 양귀비는 간신들과 손을 잡고 현종의 방탕한 생활을 한몫 거들었다. 그러자 현종은 충신들을 멀리하기 시작했고 간신들 말에 귀를 기울여 나라를 파탄으로 몰고 갔다.

현종은 아무런 능력도 없고 불량한 이임보와 양국충, 그리고 당나라에 치명타를 입힌 안록산 등의 아첨꾼들에 둘러싸이고 말았다. 이들 아첨꾼들은 자신의 탐욕을 위해 군주를 달콤한 말로 유혹하여 방탕한 생활을 하게 하였다. 현종은 아들의 며느리인 양귀비마저 끌어들이는 패륜을 범하는데, 간신배들은 그런 그를 나무라기커녕 한껏 부추겼다.

탐욕을 향한 간신배들의 아부는 이것으로 끝나지 않았다. 불로장생을 힘쓰는 현종을 위해 국고를 털어 각종 토목공사를 벌이고 어마어마한 도관을 지어 황제의 만수무강을 비는 행사를 벌였다. 그는 조정 일은 뒷전으로 팽개친 채 하루 종일 음탕한 생활로 일관했다. 그 사이 나랏일은 모조리 이임보와 간신배들이 멋대로 주무르기에 이르렀다. 군주가 음탕하면 할수록 간신배들은 자기 마음대로 할 수 있어 더욱 왕을 음탕하게 만들었다.

간신배들은 현종에게 쓴 소리를 하는 충신들을 거짓으로 모함하면서, 한편으로 자신들의 탐욕을 위해 부정부패를 서슴지 않았다. 백성들이 죽어 나자빠지는 것에 대해서는 신경을 쓰지 않았다. 그들은 권력자에게는 아첨으로 일삼고, 방해자는 간사한 방법으로 제거했으며, 약자에 대해서는 악랄하게 재산을 빼앗아 자신들의 무한한 탐욕을 만족시키려 하였다.

안록산은 난을 일으켜 자신이 황제가 되려고 하였다. 탐욕을 위한 거짓과 사기, 살인은 간신배들의 공통된 특징이라고 할 수 있다. 간신배들은 양심이나 도덕성은 그 어디에서도 찾아 볼 수 없는 권모술수의 대가들인 셈이다. 결국 당나라는 간신배들의 손아귀에 놀아나다가 이내 망하고 만다.

순자의 "아첨하는 자는 나의 적이다."라는 말의 참 의미를 현종은 몰랐던 것이다. 이런 경우는 현종에만 국한되는 일이 아니다. 우리 주변에서도 흔히 볼 수 있다. 처음에 어느 정도 성공했다고 자부하던 사람이 어느 날 처절할 정도로 망가져 있는 경우가 여기에 해당한다. 이들은 끝까지 긴장하지 않고 안락에 몸을 맡겼기에 그동안 일구어 온 모든 것을 하루아침에 날려 버린 것이다.

이것은 세상을 너무나 쉽게 생각했기 때문에 발생한다. 지금처럼 경쟁이 치열한 사회에서 이것처럼 위험한 생각은 없다. 다른 사람보다 더한 정성을 쏟지 않으면 성공은 먼 나라 이야기일 뿐이다.

TIPS

순자 BC 298?~238?

중국 춘추 전국 시대에 조나라, 지금의 호남성에서 태어났다. 성은 순, 이름은 황이다. 순경·손경자 등으로 존칭된다. 50세 때는 그 당시 강국인 제나라에 갔다고 한다. 그것으로 보아 순자는 그 당시 가장 위대한 사상가였다. 순자는 유가 철학자 가운데 최초로 스승과 제자 사이에 오고간 대화를 기록한 제자들의 글뿐만 아니라, 자신이 직접 쓴 체계적인 논문을 통해 자신의 사상을 표현하였다.

그는 맹자의 성선설과는 달리 인간의 본성은 악하다고 주장한다. 그리고 선한 것은 인위적인 인간의 노력의 결과라고 주장한다. 인간은 태어나면서부터 이익을 좋아하고 감각적 쾌락을 추구한다. 그런데 인간은 지능을 갖고 있기 때문에 이런 악의 고리를 끊을 수 있다고 주장한다. 그는 지능을 통해 인의를 행할 수 있도록 노력한다면 누구나 성인이 될 수 있다고 말한다.

성공하려면 긴장을 늦추지 않고 남보다 더 많은 땀과 노력을 투자해야 한다. 안일하면 그 전의 모든 노력이 한 순간에 수포로 돌아간다. 성공의 기회란 바로 오는 것이 아니다. 빈 틈 없이 준비했다고 해도 완벽할 수는 없다. 그래서 최선을 다해 준비하면서도 긴장을 풀지 않고 꾸준히 노력해야 한다.

끝까지 긴장감을 늦추지 않은 당 태종

당 태종은 《정관정요》에서 긴장감을 늦추지 말라는 충고를 다음과 같은 일화를 통해 말하고 있다.

어느 날 당 태종이 중신들에게 물었다.

"나라를 유지해가는 건 힘든 일인가, 쉬운 일인가?"

"매우 힘들다고 생각합니다."

위장이 대답했더니 태종이 다시 물었다.

"뛰어난 인재를 등용하고 자주 그 사람의 의견을 들으면 되지 않은가? 반드시 힘들다고는 생각하지 않네."

그러자 위장은 이렇게 대답하였다.

"이제까지의 제왕들을 봐주십시오. 나라의 경영이 위험해졌을 때에는 뛰어난 인재를 등용하여 그 의견에 자주 귀를 기울였으나, 나라의 기반이 확립되면 반드시 마음이 풀어집니다. 그렇게 되면 신하도 자신을 가장 소중히 생각하여 군주에게 잘못이 있어도 굳이 간언하려고 하지 않습니다. 이렇게 되면 나라의 정치는 점차 하강 곡선을 그리게 되고 결국에는 망하게 됩니다. 옛날부터 성인은 '편안할 때 위태로움을 생각한다.' 라고 했는데, 바로 그 때문입니다. 나라가 안녕할 때야말로 더욱 긴장하며 정치에 임해야 합니다. 그래서 저는 힘들다고 말씀드렸던 것입니다."

위장은 왜 편안할 때가 위태롭다고 말했는가? 사람들은 편안해지면 긴장감이 풀어지고 고통을 회피하려는 속성이 있기 때문이다. 그리고 고생한 보람을 찾기 위해 더 안락하고 편안한 생활을 하려고 한다. 그래서 편안해질 때가 가장 위태로운 시기라고 말하는 것이다. 당 현종도 바로 편안하고 안락한 생활을 추구했기 때문에 나라를 망하게 하였다. 반면에 당 태종은 끝까지 조금도 흐트러지지 않고 나라를 다스려 '정관의 치'를 이룩하였다.

칭기즈 칸이 천하를 손에 넣을 수 있었던 것도 화려한 궁전을 짓지 않고 안락함에 빠지지 않아서이다. 화려한 궁전을 지으면 그 만큼 안락한 생활에 빠져 국정을 돌보지 않게 된다. 그래서 칭기즈 칸은 평생을 몽고식 움막에서 살았다. 그리고 무덤을 만들지 말라는 그의 유언 때문에, 지금도 무덤이 알려지지 않고 있다.

반면에 진시황은 어떠했는가? 그는 중국을 통일하자 거대한 아방궁을 짓고 풍요롭고 안락한 생활에 빠지고 말았다. 그리고 그의 무덤까지도 거대하게 지었다. 노역과 막대한 세금에 시달린 백성들의 원성은 하늘을 찔렀고 마침내 농민 반란이 일어나 진나라는 허망하게 망하고 만다. 진나라가 쉽게 무너진 것은 바로 진시황과 그의 아들이 초심을 잃고 안일하고 방탕한 생활을 했기 때문이다. 반면에 칭기즈 칸이 인류 역사상 그 누구도 넘볼 수 없는 위업을 달성할 수 있었던 것은 끝까지 초심을 잃지 않았기 때문이다.

그렇다면 긴장감을 끝까지 유지하기 위해 우리는 어떻게 해야 할까? 아리스토텔레스가 "한 마리의 제비나 한낮의 따스함이 봄을 오게 하지 않는다."고 말한 것처럼 행동이 습관화 되어야 한다. 하루 따뜻하다고 하여 봄이 왔다고 속단할 수 없는 것처럼, 한 번의 노력으로 평생을 먹고 살 수는 없다. 평생을 먹고 살기 위해서는 긴장의 끈을 놓지 않고 평생을 노력하지 않으면 안 된다.

그런데 결코 이것이 말처럼 쉽지 않다. 인간은 욕망의 덩어리여서 어느 정도 풍요로워지면 잠자고 있던 욕망이 슬며시 눈을 뜬다. 특히 지금과 같은 유혹이 만연한 문명 사회에서 욕망을 떨치기란 정말 어려운 일이다. 도심 여기저기에서 우리의 욕망을 무수히 자극하고 있다. 그냥 지나치기에는 너무나 유혹이 강렬하다. 그래서 많은 사람들이 욕망의 덫에 걸려 허무하게 무너지고 만다.

이렇게 되지 않으려면 어린 시절부터 편안함과 안락함에 물들지 않게 어느 정도 욕망과는 거리를 두고 사는 습관이 필요하다. 더 나아가 긴장감을 늦추지 않고 항상 노력하는 자세가 몸에 배도록 익혀야 한다.

《채근담》에는 성공적인 삶을 살기 위해서는 우리가 부단히 수양해야 함을 다음과 같이 말한다.

"작은 일 처리에도 소홀히 하지 않는다. 다른 사람이 보지 않는 곳에서도 나쁜 일에 손대지 않는다. 실의에 가득 찼어도 중도에 그만두지 않는다. 그래야만 비로소 훌륭한 인물이라 할 수 있다."

TIPS

아리스토텔레스 BC384?~BC322?

트로키아 지방의 의사 가문에서 태어나 어린 시절 거기서 수학했으나 기원전 367년에 아테네로 나와서 플라톤이 세운 아카데미에 들어가 플라톤의 제자가 되었다. 이후 플라톤이 죽을 때까지 그로부터 많은 영향을 받았다. 그 뒤 마케도니아의 수도 페라의 궁정에서 젊은 알렉산드로스 대왕의 스승이 되었고, 그가 왕자 시대를 거쳐 왕위에 오를 때까지 그 자리에 있었다. 알렉산드로스 대왕이 사망하자, 그리스의 반 마케도니아 풍조에 의하여 그도 또한 신을 모독했다는 죄목으로 고소당하게 되었다.

그는 플라톤 철학에서 출발하여 뒷날 그 자신의 대철학 체계를 세우기에 이르렀다. 아리스토텔레스는 플라톤의 이원론, 즉 현실과 이데아의 세계를 부정하고 오로지 현실 세계 속에서 진리를 찾고자 했다. 그는 생물학·물리학과 같은 현실 세계를 기반으로 하는 목적론적 세계관에서 출발하였다. 아리스토텔레스는 이 목적론적 세계관을 바탕으로 그때까지의 여러 사상 체계를 종합하고, 조직적인 학문의 체계를 수립하였다. 그래서 그를 만학의 왕이라고 한다. 아리스토텔레스는 학문에 필요한 기초 사고력을 길러주는 것을 논리학으로 보고, 논리적 방법으로는 연역법과 귀납법이 있다고 했다. 그는 학문의 방법으로서 연역법을 강조하면서 연역법을 기초로 한 삼단 논법을 체계화하였다.

오만하지 말고 겸손하게 상대방을 칭찬하라

아무리 똑똑한 사람이라도 항상 자신의 판단이 옳을 수는 없다. 세상은 다양하고 변화무쌍하여 우리가 보는 세상은 단편적일 수밖에 없다. 아무리 신중하게 생각해도 틀릴 수 있는 여지는 항상 있는 것이다. 천 번을 생각하고 만 번을 생각해도 틀릴 수 있는 여지는 항상 존재한다.

그런데 사람이 오만해지면 이런 생각을 망각한다. 오만한 사람은 자신의 생각은 틀리지 않으면서 다른 사람의 생각은 틀릴 수 있다고 생각한다. 그래서 오만한 사람은 다른 사람의 말은 듣지 않고 자신의 생각만 고집한다. 오만은 사람들이 작은 성공을 했을 때 흔히 빠지는 못된 망령이다. 사람들은 일단 성공하면 자신의 능력을 과신한다. 그래서 자신은 실패는 하지 않고 계속해서 성공만 할 것이라고 착각한다.

단순히 성공했다고 해서 사람이 오만해지는 것은 아니다. 이것은 인간의 선천성에도 근거한다. 오만은 자신을 높이 평가하고 상대방을 인정하지 않으려는 인간의 습성에서 온다. 그래서 사람들은 자신의 성공은 과대평가하는 반면 다른 사람의 성공은 대수롭지 않게 생각하는 경향이 있다.

이런 자존의 원리는 인간이 오만에 쉽게 빠지게 한다. 조금이라도 자신이 상대방보다 잘 나가게 되면 자신이 최고인양 착각하게 된다. 그리고 다른 사람이 잘 나가도 칭찬하기는커녕 오히려 상대방을 비방하고 깎아내려 자신의 자존심을 치켜세우려 한다. 지도자나 연예인들에 대한 인신 공격도 바로 이런 자존의 원리에 의해 일어난다. 대중들의 인기를 한몸에 받고 있는 사람들을 공격함으로써 구겨진 자존심을 치켜세우려는 것이다.

또한 사람들이 아부를 좋아하고 비판을 싫어하는 심리도 오만해지려는 인간 본성에 기인한다. 아부는 독이고, 비판은 보약이라는 사실을 알고 있음에도 불구하고 대부분의 사람들은 아부를 좋아하고 비판을 싫어한다. 오만해질수록 아부를 좋아하는 습성은 더욱 강화된다.

시간이 흐르고 시대가 변해도 간신배들이 끊이지 않는 것은 사람의 마음속에 오만한 마음이 항상 존재하기 때문이다. 간신들은 이런 인간의 마음을 이용하여 자신의 탐욕을 위해 권력자가 원하는 것이면 무엇이든 찾아 바치는 하이에나 같은 존재이다. 그것이 무엇이든 상관없다.

춘추 시대에 역아라는 간신은 병든 왕이 사람 고기를 먹어보고 싶다는 농담 섞인 말을 하자 정말로 어린 자식까지 잡아 삶아서 받쳤다. 당시의 춘추 시대 최고의 명군이었던 환공조차도 나이가 들어 판단력이 흐려졌는지 이런 행동을 나무라기는커녕 충성으로 알고 인육을 맛있게 먹었다.

그러면서 자신을 명군으로 이끌었던 관중과 포숙의 충고어린 말은 멀리 하기 시작하였다. 관포지교로 유명한 관중과 포숙이 정사를 이끌며 간신들이 발을 붙일 수 없게 했을 때, 환공은 춘추 시대 최고의 패자가 되었다. 그러나 나이가 들면서 상황이 달라졌다. 더욱이 간신들을 통제할 관중과 포숙이 죽자, 왕의 비위를 맞추는 능력이 타고난 역아를 중심으로 한 간신들이 모든 요직을 차지하고 말았다.

그러나 환공의 말로는 처참하였다. 역아는 환공이 병으로 눕자 그를 싸늘한 궁전에 가두고 물조차 주지 않았다. 결국 환공은 배고

품과 추위로 처참하게 죽어갔다. 더욱이 권력싸움으로 인해 장사도 제대로 지내지 않아 환공의 시체는 구더기 천국으로 변해 버렸다. 간신들은 제사는커녕 허수아비 왕을 세워 놓고 권력을 마음대로 농락하려고 권력싸움만 하고 있었다.

이게 간신들의 습성이다. 권력자에게 아부하다가도 힘이 없어지면 권력자를 제거하고 자신이 최고의 권력자가 되려고 한다. 그래서 간신임을 알게 되면 무조건 제거하는 것이 자신이 사는 길이다. 사이코패스이자 탐욕 덩어리인 간신에게 자비를 베푸는 것은 병만 키우는 것에 지나지 않는다. 애초부터 그 싹을 자르는 것이 현명하다.

이처럼 자신도 모르게 오만해지는 사이 사람들은 자신에게 잘해주는 사람을 좋아하게 된다. 반면에 자신에게 쓴 말을 하는 사람에게는 마음의 문을 닫고 멀리 한다. 또한 사람이 오만해지면 해질수록 아집에 사로잡혀 자신의 입장만을 고집하고 다른 사람들의 말에 전혀 귀를 기울이지 않는다. 아무리 그 사람의 생각에 문제가 있다고 충언해도 자만심이나 오만함으로 꽉 차 있는 사람은 오히려 충언을 한 사람을 해하고자 한다. 그리고 스스로 자멸해간다.

역사적으로 수많은 충신들이 충언을 했다는 이유로 죽어간 사실은 인간에게 오만함과 교만함이 얼마나 뿌리 깊이 박혀있는지를 증명한다. 그러나 이런 완고함과 오만함은 결국 파멸에 이르는 지름길이라는 것을 깨달아야 한다.

읍참마속

삼국지의 '읍참마속'은 오만이 얼마나 위험한가를 잘 보여준다. 마

속은 명석하여 제갈공명이 아끼는 제자였다. 나쁜 소문을 퍼트려 일시적으로나마 사마의를 권좌에서 물러나게 한 것도 마속이었고, 남쪽의 야만인을 쳐들어갔을 때 덕으로 교화하라고 한 것도 마속이었다. 그래서 공명은 마속을 무척 아꼈다.

그러나 유비는 죽음을 목전에 두고 공명에게 마속을 중용하지 말라는 뜻밖의 유언을 내렸다. 마속이 행동보다는 말이 앞선다는 것이었다. 그 당시 공명은 유언의 참 뜻을 몰랐다. 그래서 공명은 유비의 유언을 잊고 위나라의 전투에서 그만 마속을 중용하고 말았다. 공명은 위나라를 치기 위해서는 위나라로 가는 길목인 가정이라는 곳을 지켜야만 했다. 만일 가정을 지키지 못하면 위나라를 치는 것은 수포로 돌아간다. 공명은 유비의 유언을 까맣게 잊고 이 막중한 임무를 자신이 아끼는 마속에게 맡겼다.

그러나 결과는 참담했다. 마속이 길목을 지키라는 공명의 군령을 어기고 산 위에다 진을 치고 만 것이다. 그는 교만한 마음에 길목에다 진을 치라는 공명의 군령을 비웃기까지 하였다. 부하 장수 왕평이 포위당하면 큰일이라고 그것을 말려도 마속은 적을 내려다 볼 수 있어 더 없이 좋다며 끝까지 산 위를 고집하였다.

곧 사마의 군사가 당도했다. 사마의는 이미 공명의 군사가 온 것에 놀랐으나 산 위에다 진을 친 것을 보고 비웃으며 마속의 군대를 포위하였다. 이윽고 마속의 군사는 물을 얻을 수도 없는 지경에 이르렀다. 물을 먹을 수 없자 야밤을 틈타 군사들이 도망치기 시작하였다. 결국 군사들의 도주로 마속은 싸움 한번 제대로 해보지 못하고 가정을 위나라에 바치고 도망쳐야만 했다. 위나라를 치려고 한 공명의 모든 노력이 마속의 오만한 행동으로 한순간에 날아간 것이다. 공명은 비록 마속을 사랑하지만 군령을 어겼기 때문에 눈물을 머금고 마속의 목을 베게 하였다.

이 일화에서 눈물을 머금고 목을 벤다는 '읍참마속'이 탄생하였다. 공명의 사랑을 받은 마속이 오만해져 공명의 말을 어기면서까지 산 위에다 진을 친 것이 화근이었다. 그는 부하 장수가 그렇게 말렸지만 그 말을 전혀 고려하지 않았다. 일찍이 유비는 오만한 마속을 눈치 채고 공명에게 중용하지 말라고 하였던 것이다. 그러나 공명은 너무나 마속을 아꼈기 때문에 미처 마속의 오만함을 보지 못했다. 공명은 유비의 혜안을 보지 못한 자신의 어리석음을 통탄하면서 마속의 목을 베었다.

이처럼 오만함과 교만함이 큰 손해와 함께 불행을 가져오는 이유는 자신을 최고로 생각하여 잘못이 있음에도 그 길로 가거나 더 이상 노력을 하지 않기 때문이다. 자신이 잘났다고 생각하여 다른 사람의 지혜를 듣지 않으니 발전과 진보가 이루어질 수 없다. 또한 자신의 주장만 앞세우니 다른 사람들의 반발을 사게 되고 결국에는 그로 인해 망할 수밖에 없다. 이렇듯 오만과 교만은 패망에 이르는 지름길이다.

20세기 철학자 포퍼는 열린 사회의 적이 바로 독재자라고 하였다. 독재자들은 다른 사람의 의견을 무시하고 자신의 생각만 옳다고 주장하는 지극히 오만하고 교만한 사람들이다. 특히 20세기에 들어 공산주의자들은 마르크스 이론에 따라 공산주의만이 이 세상의 모든 문제를 해결할 수 있는 유일한 대안이라고 생각하고 폭력 혁명도 불사하였다. 한마디로 공산주의자들은 상대방을 전혀 인정하지 않는 오만의 극치를 달렸던 것이다. 그래서 결국 어떻게 되었는가. 그들의 오만함은 스스로 몰락의 길을 가게 되어 오늘날 공산주의는 자취를 감추고 말았다.

TIPS

마르크스 1818~1883

독일의 트리어에서 유대계 독일인으로 태어났다. 대학에서 법학을 공부했으나 문학에 정진하였다. 그러나 문학에 재능이 없다는 것을 알고 철학으로 전향한다. 이때부터 헤겔 연구자가 되었고, 그리스 자연철학에 관한 철학 논문을 제출하여 철학박사가 되었다. 그러나 그는 헤겔 철학의 결함을 발견하고 경제학 연구의 필요성을 자각하였다.

파리로 건너간 마르크스는 헤겔을 비판하는 내용을 독일 · 프랑스 연보에 발표했고, 이로써 평생의 동반자인 엥겔스를 얻었다. 이후 두 사람은 하나가 되어 서로 협력하면서 자본주의와 대치하며 과학적 공산주의의 이론을 만들어냈다. 마르크스는 급진사상으로 인해 끊임없이 망명생활을 해야 했으며, 빈곤에 시달리던 끝에 런던에서 파란만장한 생을 마감했다.

마르크스사상은 다음의 세 가지 주요 부분으로 구성되어 있다. 첫째는 포이어바흐의 유물론과 헤겔의 영향을 받은 세계관으로서 변증법적 유물론과 그것을 사회와 역사에 적용한 사적 유물론, 둘째는 자본주의 사회의 발생과 발전 및 몰락의 법칙을 분명히 한 경제학, 셋째는 프롤레타리아 혁명과 프롤레타리아 독재를 거쳐 계급 소멸로 나아간다는 계급 소멸론이라는 정치 이론이 그것이다. 이 마르크스주의는 레닌에 의해 발전되고 공산화의 이론적 무기가 되었다.

포퍼 |1902~1994

포퍼는 1902년에 빈에서 태어났다. 그의 부모는 유대 혈통이었지만 개신 교로 개종하였다. 포퍼는 오스트리아제국이 몰락의 길에 접어들었을 때 성장했다. 빈대학을 다니던 포퍼는 아르바이트로 생계를 유지하면서 가구 공장에서 일하기도 하였다. 그 당시 빈대학은 실증주의 철학자들로 가득 차 있었다. 포퍼도 어느 정도 이러한 사상의 영향을 받았다.

그러나 그는 20세기를 마르크스주의와 파시즘이라는 무자비한 야만이 지배하였다고 보았다. 그는 그것이 그렇게 된 것은 절대주의에 기초한 역사주의에 있다고 보았다. 역사주의는 인류의 역사가 결정되어 있다는 역사관을 말한다. 그러나 그 누구도 미래를 정확히 예측할 수 없다. 과학이란 것도 반증 사례에 대해서 언제나 반증될 수 있다. 역사 역시 얼마든지 반증될 수 있다. 그러므로 역사주의는 틀린 것이고 역사주의를 부르짖는 것은 반대자를 탄압하려는 독재 본능을 드러낸 것이라고 포퍼는 말한다.

그는 《열린사회와 그 적들》, 《역사주의의 빈곤》이라는 책에서 인간 지식의 절대성에 기초한 야만적인 역사주의 신념들을 통렬히 비판하고 있다.

존칭보다 이름을 불러 주는 것을 좋아한 칭기즈 칸

칭기즈 칸이 천하를 도모할 수 있었던 힘은 어디에서 나왔는가? 칭기즈 칸은 오만한 마음을 가지지 않은 것으로 유명하다. 칭기즈 칸은 그 누구보다도 넓은 땅을 지배한 황제이면서도 화려한 궁전을 짓지 않았다. 그는 '화려한 궁전'을 지으면 망한다고 생각하였다.

또한 그는 부하들이 '칸'이라는 존칭보다 자신의 이름을 부르는 것을 좋아했고 부하들과 같은 눈높이에서 이야기하는 것을 좋아했다. 그리고 항상 다른 사람의 말에 귀를 기울여 신중한 판단을 하였다. 그는 비록 자신이 배우지는 못했지만 다른 사람과 대화를 하면 충분히 모르는 것을 해결할 수 있는 지혜를 배울 수 있음을 터득하고 있었다.

그는 모든 사람들을 평등하게 생각하였고 실제로 사람들을 평등하게 대하려고 노력하였다.

그는 "나와 너희들이 힘을 합쳐 더 이상 배고픔과 차별이 없는 사회를 만들 것이다."라고 말하고 그것을 몸소 실천하였다. 전쟁에서 승리하면 전리품을 모두에게 골고루 나누어 주었고 심지어 죽은 병사들의 가족에게도 그렇게 하였다. 그런 칭기즈 칸을 사람들은 절대적으로 믿고 따랐다. 이것은 절대 권력을 가졌을지라도 오만하지 않고 상대방에 대한 배려가 있어야 성공할 수 있다는 것을 보여준다.

그는 부하들이 잘못을 해도 함부로 내치지 않았다. 정복한 곳에서도 오만함이 없었다. 그는 위에 군림하지 않았고 피정복자에게도 자율권을 주었다. 권력자가 흔히 가질 수 있는 오만함을 칭기즈 칸에게서는 찾아볼 수 없었다. 오히려 부하를 한 번 믿으면 실수를 해도 용서할 줄 아는 관용을 가지고 있었다.

그는 처음부터 생사고락을 같이 한 보르추와 무칼리가 아홉 번 죄를 지어도 벌을 주지 않겠다고 공언하였다. 오만한 권력자라면 있을 수 없는 일이다. 연산군과 네로처럼 오만한 권력자는 단 한 번의 실수로도 목을 벴다. 연산군과 네로는 바른 말도 해도 듣기 싫다는 이유로 사람을 죽이는 오만함의 극치를 보였다. 하지만 칭기즈 칸은 절대적인 권력을 가졌음에도 겸손할 줄 아는 지도자였다.

이처럼 오만함은 손해를 초래하지만 겸손함과 아량은 이익을 가져다준다. 그래서 높은 자리에 올라 갈수록 더욱 더 자세를 낮추고 아량을 베풀어야 한다. 높은 자리에 오를수록 사람들의 시기와 질투는 더욱 강해진다. 그런데 그걸 모르고 자만심에 빠져 오만해지면 어떤 사람도 그 사람을 좋아하지 않게 된다. 때로는 알면서도 모르는 체 하는 것이 좋을 때도 있고 항상 공손한 태도를 취하는 것이 자신을 위해서도 좋다.

이런 사실을 모르고 공부를 좀 잘한다거나 높은 지위에 있다고 다른 사람을 무시하고, 다른 사람의 말에 전혀 귀를 기울이지 않고, 다른 사람을 배려하는 마음이 없으면, 얼마 가지 못해 마속과 같은 운명이 된다는 것을 깨달아야 한다. 반면에 자신을 낮추고 다른 사람의 말을 경청하고 부하들을 아량으로 대하면 칭기즈 칸처럼 꿈을 크게 이룰 수 있을 것이다.

노자는 겸손하면 다른 사람으로부터 칭송받으며, 양보하면 다른 사람이 떠 받들어준다고 다음과 같이 말한다.

"자신이 옳다고 하지 않기에 오히려 다른 사람들이 인정해준다. 자신을 과시하지 않기에 오히려 다른 사람들이 추켜세운다. 자신의 공적을 자랑하지 않기에 오히려 다른 사람들이 칭송한다. 자신의 재능을 과시하지 않기에 오히려 다른 사람이 존경한다."

선비는 자신을 알아주는 사람을 위해 죽는다

"선비는 자신을 알아주는 사람을 위해 죽는다."고 했다. 이 말은 춘추 시대 말기, 예양이란 사람에게서 생겨난 말이다. 예양은 원래 중행씨를 모시고 있었지만 크게 기용되지 않았다. 그러나 진나라 중신인 지백을 섬기자 지백은 그를 재상으로 임명하였다. 그런데 지백이 정적인 조양자와의 권력싸움에서 패해 살해당하고 만다. 이때 예양은 산속으로 도망을 치며 자신의 군주인 지백에 대한 복수를 맹세하였다.

"아아, 선비는 자신을 알아주는 이를 위해서 죽고, 여자는 자기를 사랑해주는 이를 위해 화장을 한다. 주군의 원수를 기필코 갚을 것이다."

예양은 이렇게 결심하고 조양자를 암살하기 위해 이름도 바꾸고 모습도 바꾸어 호심탐탐 암살의 기회를 엿보았으나 결국 고생한 보람도 없이 붙잡히고 말았다.

"너는 그동안 중행씨도 섬겼거늘, 어찌하여 지백의 원수만 갚으려 드느냐? 지백이 중행씨를 죽이지 않았느냐?"

조양자의 물음에 예양은 이렇게 대답했다.

"중행씨는 나를 보통 사람으로 대우했소. 그러나 지백님 만큼은 나를 국사로 대우해주었소이다. 그래서 나도 국사로서 원수를 갚아 드리려 한 것이오."

이 예양의 이야기는 상대방을 인정하고 때로는 칭찬하는 것이 얼마나 소중한가를 알게 해준다. 사람은 누구나 자존심이 있고 더 나아가 상대방으로부터 인정받으려는 습성이 있다.

실용주의 철학자 윌리엄 제임스도 "인간의 본성 중 가장 강한 것은 다른 사람으로부터 인정받기를 갈망하는 마음이다."라고 했다. 제임스가 '갈망하는 마음'이라고 한 것은 그 만큼 사람들이 인정받기를 바라는 마음이 강하다는 것을 의미한다.

그러나 교만한 사람은 상대방을 인정하지 않으려 한다. 이런 사람은 상대방을 인정하지 않을뿐더러 깎아 내리려 한다. 사람들이 칭찬에는 인색하고 비판에는 열을 올리는 것도 인간 마음속에 교만한 마음이 굳건히 자리 잡고 있기 때문이다.

그러나 큰일을 하려면 비판에 앞서 칭찬이 먼저 선행되어야 한다. "칭찬은 고래도 춤추게 한다."는 말처럼, 인간 역시 자신을 인정하고 칭찬한 사람을 위해서 때로는 목숨까지도 바치기 때문이다.

《삼국지》에 등장하는 오나라 손권은 조조처럼 지략이 있는 것도 아니고 유비처럼 덕이 있는 것도 아니었다. 하지만 그는 조조의 세력을 벗어나 유비가 세운 촉나라보다 더 넓은 왕국을 건설하는데 성공하였다.

그가 이렇게 성공할 수 있었던 이유는 사람을 보는 눈과 사람들의 단점은 눈감아 주고 장점을 보며 그 장점을 발휘할 수 있도록 하는 능력에 있었다. 다시 말해 손권은 상대방을 비난하기보다 상대방을 칭찬해주었다. 그래서 그의 휘하에는 유능한 인재가 많았고 조조나 유비와의 싸움에서도 전혀 밀리지 않고 자신의 왕국을 우뚝 세울 수 있었다.

그러므로 오만을 넘어 겸손하여 다른 사람을 인정하는 것이야말로 세상을 얻는 중요한 방책이라 할 수 있다.

《역경》에는 교만과 겸손에 대해 다음과 같이 충고하고 있다.

"교만한 것을 미워하고 겸손한 것을 좋아하는 것이 인간의 도이다."

사람을 모으는 기술, '덕'

세상의 일은 사람이 한다. 기계가 일을 한다고 해도 그 기계를 조종하는 것은 결국 사람이다. 그래서 어떤 일을 수행하는 데 있어 사람을 얻는 것은 곧 천하를 얻는 것과 같다. 유비가 공명을 얻기 위해 삼고초려를 한 것은 사람을 얻는 것이 얼마나 소중한 것인가를 단적으로 보여준다. 지금도 상황은 마찬가지다. 수많은 기업들이 사람을 얻기 위해 '인재 전쟁'을 벌이고 있다.

또한 인간은 사회적 동물이어서 혼자서는 일을 수행할 수 없다. 혼자서 모든 일을 하는 것은 능률도 떨어지고 가능하지도 않다. 아무리 뛰어난 사람도 혼자서 모든 일을 할 수는 없다. 공명이 위나라를 치려다가 전쟁에서 쓰러진 이유가 뭘까? 그것은 위나라에는 인재가 많았지만 촉나라에는 인재가 없어 모든 일을 공명 홀로 해야 했기 때문이다. 그래서 공명은 제대로 먹지도 못하고 일을 하다가 결국 천하통일을 하지 못한 채 눈을 감고 말았던 것이다.

이처럼 세상일을 하기 위해서는 반드시 일을 같이할 동반자가 필요하다. 그래서 성공적으로 일을 수행하는 데에는 나와 맞는 사람을 얻는 것이 중요하다. 어떤 사람과 같이 일을 하느냐에 따라 일의 성패가 좌우된다.

더욱이 살다보면 누구나 어려운 일에 봉착하게 된다. 아무리 힘이 있고 능력이 있어도 불행이 닥치면 그것을 혼자 헤쳐 나가기란 불가능하다.

이때를 위하여 주변에 사람이 있어야 한다. 사람을 잘 사귀어 놓은 사람은 위험스런 상황에서 위기를 탈출할 수 있는 기회를 얻을 수 있지만 그렇지 못한 사람은 위험에 그대로 노출되고 만다.

주변을 둘러보면 자석처럼 친구들을 끌어당기는 아이가 있다. 그런 아이들은 다른 친구들과 쉽게 교류하기 때문에 리더십도 좋아진다. 노벨 경제학상을 받은 심리학자 대니얼 카너먼도 사람의 성공 여부를 좌우하는 것은 지능이나 학벌, 운보다는 '끌림'(호감)이라고 말했다.

현재 일본에서 청소년 자기계발에서 최고의 베스트셀러는 바로 《친구력》이라는 책이다. 그만큼 청소년 시절의 친구력이 어른이 되었을 때도 영향을 미쳐 인생의 성공을 결정짓는다는 것이다.

대학을 졸업하고 사회생활을 시작하려 구직을 할 때에도 인맥을 통해 취업하는 경우가 압도적이다. 미국 인사 관리 위원회와 월스 트리트 저널, 포천 등 다른 연구소들이 조사한 바에 따르면, 구직 자의 75%가 인맥을 통해 직장을 구했다고 한다. 이러한 통계는 실 력도 실력이지만 살아가는 데에 인맥을 형성하는 것이 얼마나 중 요한가를 알려준다.

그런데 사람을 얻기 위해서는 무엇보다 덕이 필요하다. 덕은 상 대방을 배려하는 마음가짐에서 나온다. 덕이 있어야 사람의 마음 을 얻을 수 있고 사람의 마음을 얻어야 진실로 사람을 얻을 수 있 다. 반면에 덕이 없는 사람은 상대방을 배려하지 않기 때문에 사람 이 멀어질 수밖에 없다. 그래서 덕이라는 것도 세상을 살아가는데 없어서는 안 될 중요한 요소인 것이다.

도둑까지 식객으로 맞이한 맹상군

중국 전국 시대 맹상군을 보면 사람이 얼마나 큰 재산인가를 알 수 있다. 그는 부유한 재상 집안에서 태어났다. 그는 사람을 중히 여겨 식객을 3,000명이나 거느렸다. 그를 찾아온 사람이라면 누구 든 따뜻하게 맞이하였다. 이런 소문이 퍼지자 도망 중인 죄인들까 지도 그를 찾아와 의지했다. 그는 재능만 있으면 도둑까지도 식객 으로 받아들였다.

이러한 맹상군의 이름은 널리 퍼져 강대국인 진나라의 소왕은 그를 초청하려고 했다. 하지만 맹상군의 식객들이 거기에 가는 것

은 위험하다고 모두 반대하자 진나라로 가는 것을 포기하였다.

그러던 어느 날 맹상군은 왕명에 의해 진나라에 가게 되었다. 진나라 소왕은 맹상군을 재상으로 임명하려고 하였다. 그러자 신하 중의 한 사람이 맹상군은 제나라 사람이니 제나라를 먼저 생각할 것이라며 강력하게 반대하였다. 그 말을 들은 소왕은 꺼림칙한 마음에 맹상군을 옥에 가두고 때를 보아 죽이려 하였다.

맹상군은 소왕의 애첩에게 사람을 보내 구원해달라고 부탁했다. 그때 애첩은 아주 비싼 여우 털로 만든 외투를 요구했다. 그런데 그것은 이미 맹상군이 진나라에 왔을 때 소왕에게 선물했던 것이었다. 그래서 그 요구를 들어줄 수 없었다.

그는 식객들과 상의했지만 묘안이 없었다. 그때 개 도둑의 명수라는 자가 앞으로 나와 자신이 그 일을 하겠다고 하였다. 그리고 그날 밤에 그는 왕궁 깊숙이 들어가 그것을 훔쳐 왔다. 여우 외투를 애첩에게 보내자 맹상군은 바로 석방되었다. 맹상군은 석방되자마자 진나라를 탈출하려고 하였다. 한편 진나라 소왕은 마음이 바뀌어 즉시 관소에 사람을 보내 맹상군을 붙잡게 했다.

그 당시 관소는 닭이 울 때까지 문을 열지 못하게 되어 있었다. 맹상군은 관소에 당도하여 마음이 매우 바빴다. 이때 식객 중에 닭 울음소리를 잘 내는 사람이 닭 울음소리를 흉내 내어 닭들을 일제히 울게 했다. 그러자 관소의 문이 열렸고 맹상군 일행은 재빨리 빠져 나갔다. 곧이어 소왕이 보낸 사람이 도착했지만 이미 때는 늦었다.

이처럼 사람을 얻는 것은 커다란 재산이다. 많은 돈이 재산일 수도 있으나 맹상군은 큰일을 하기 위해서는 돈보다는 사람이 더 중요하다고 생각하였다. 그래서 그는 일찍부터 장점이 하나라도 있으면 사람에게 투자를 했던 것이다. 결국 맹상군은 사람에게 투자하였기 때문에 죽을 고비를 넘길 수 있었다.

미국의 독립 선언서를 기초했으며 미국의 토대를 닦는 데 큰 공헌을 한 미국의 3대 대통령, 제퍼슨 역시 능력 있는 사람을 기용한 것으로 유명하다. 그는 함께 일할 사람으로 모든 면에서 자신과 동등한 능력을 가진 사람을 선택하였다. 그는 '예스맨'을 아주 싫어했으며 박식하지 못한 사람을 혐오하였다.

그는 자신과 동등한 능력을 가진 사람을 기용하여 동료처럼 일하기를 좋아하였다. 그래서 그는 각료회의를 '친목회'처럼 운영하였다. 항상 자유로이 자신의 생각을 말할 수 있는 분위기를 조성했다. 그는 권위적인 태도를 버리고 매일 일을 시작할 때 몇 시간 동안은 문을 활짝 열어 놓아 자유로운 의사소통이 이루어질 수 있도록 하였다.

인재를 적재적소에 배치한 유방

훌륭한 인물을 쓰는 것도 중요하지만 인물을 적당한 곳에 배치하는 것이 더욱 중요하다. 아무리 훌륭한 인물이라고 해도 적재적소에 배치하지 못하면 효과는 반감하고 만다. 그 사람의 능력에 맞게 일을 하게 할 때 최고의 능률이 오른다.

유방은 인물을 적재적소에 배치하여 난적 항우를 물리치고 중국 천하를 통일한 인물이 된다. 처음에는 기마병을 앞세운 항우가 압도적으로 우세했다. 항우는 천하장사였고, 그 정예부대 역시 당시 최강이었다. 유방은 항우와의 싸움에서 항우의 힘찬 기세에 눌려 싸울 때마다 패배의 쓴 맛만 보았다. 그러나 2년이 지나자 승세가 반전되기 시작하였다. 이윽고 항우는 사면초가에 빠졌고, "우야, 우야. 너를 어찌 할고." 하며 사랑하는 우미인을 죽이고 스스로 자살하는 비극을 맞이하게 되었다.

유방이 항우를 멸망시키고 낙양으로 돌아갔을 때, 자신의 승리 요인과 항우의 패한 이유에 대해 다음과 같이 말한다.

"본영에서 지략을 짜서 천 리 밖에서 승리하게 한다는 점에서 나는 장량을 따라 갈 수 없다. 내정의 충실, 민생의 안정, 군량의 조달, 보급로의 확보라는 점에서 나는 소하를 따라 갈 수 없다. 백만이나 되는 대군을 자유자재로 지휘하며 승리를 거둔다는 점에서 나는 한신을 따라 갈 수 없다. 이 세 사람은 모두 걸출한 인물이다. 나는 그 걸출한 인물을 적절하게 기용할 수 있었다. 이것이야말로 내가 천하를 얻게 된 이유이다. 그러나 항우에게는 범증이라는 걸출한 인물이 있었지만, 그는 이 한 사람조차 제대로 쓰지 못했다. 이것이 내가 항우를 이긴 이유이다."

유방은 젊어서 건달처럼 살았던 사람이다. 그래서 그에게는 장량처럼 뛰어난 지혜도, 소하처럼 탁월한 관리 능력도, 한신처럼 빼어난 장수 능력도 없었다. 그렇지만 그에게는 그 사람들이 갖지 못한 사람을 거느리는 탁월한 능력과 사람을 잘 기용하는 빼어난 능력이 있었다. 그래서 힘으로는 따라 갈 수 없는 난적 항우를 물리치고 천하의 주인이 될 수 있었던 것이다.

문경의 교우를 맺은 인상여와 염파

적재적소에 인물을 배치하는 것도 중요하지만 인물들 간에 인화 또한 중요하다. 세상의 어떤 일도 독립적이지 않고 서로 긴밀히 연결되어 있다. 그래서 자신이 맡은 바 주어진 임무를 성실히 하는 것도 중요하지만 서로 협력하여 문제를 풀어가는 것도 아주 중요하다.

전국 시대 인상여와 염파는 서로 화합하여 나라를 위기에서 구출한 주인공들이다. 인상여는 대국인 진나라와의 회담에서 전혀 굴욕적인 모습을 하지 않고 굽히지 않는 당당한 외교로 조나라를 당당히 지켜낸 사람이다. 회담이 끝나고 인상여가 귀국하자 조나라 왕은 인상여의 공을 인정하여 그 당시 최고의 자리인 상경에 임명했다. 뿐만 아니라 같은 상경인 염파 장군보다 윗자리에 앉혔다. 이것을 보고 기분이 좋지 않은 것은 염파 장군이었다.

"나는 조나라의 대장군으로서 수많은 전쟁에 큰 공을 세웠다. 인상여는 입만으로 일을 꾸몄는데, 지위는 나보다 그가 더 높아졌다. 더구나 인상여는 비천한 출신이다. 그런 사람 밑에서 일할 수는 없다. 내 그놈과 마주치기만 하면 가만히 두지 않겠다."

인상여는 이 소문을 듣고 될 수 있는 한 염파와 마주치지 않도록

조심하였다. 어느 땐가 인상여가 외출했을 때, 먼 곳에서 염파가 이쪽으로 오고 있는 것을 보고 옆길로 도망치듯 피하였다. 그러자 인상여의 가신들도 더 이상 참을 수 없어 인상여에게 피하는 이유를 물었다.

인상여는 그들에게 이렇게 물었다.

"그대들은 진나라 왕과 염 장군 중에서 어느 쪽이 두려운 상대라고 생각하는가?"

"물론 진나라 왕입니다."

"나는 진나라 왕을 당당하게 대했을 뿐만 아니라, 진나라 신하들을 마치 어린애처럼 다루었소. 그런 내가 왜 염 장군을 두려워하겠소. 나는 강대한 진나라가 우리나라를 공격하지 않는 것은 염 장군과 내가 버티고 있기 때문이라고 생각하고 있소. 만일 우리 두 사람이 다툰다면 어느 쪽인가가 상처를 입게 될 것이오. 내가 이렇게 처신을 하는 것은 개인의 다툼보다는 국가가 더 중요하기 때문이오. 이제 내 뜻을 알겠소?"

이 말을 전해들은 염파는 웃옷을 벗고 가시 회초리를 등에 지고 인상여를 찾아와서 자신의 잘못을 사죄했다.

"이 어리석은 사람을 용서해주시오. 장군의 관대한 마음을 소생은 알지 못하였습니다."

두 사람은 이 일을 계기로 다시 사이가 좋아졌다. 그리고 그 뒤로 두 사람은 문경의 교우를 맺었다. 두 사람이 힘을 합쳐 나라를 이끌자 진나라도 더 이상 조나라를 넘볼 수 없게 되었다.

이처럼 두 사람의 화합은 나라를 강하게 하였고 나라를 지키는데 큰 힘이 되었다. 따라서 하나의 조직이 잘되기 위해서는 서로 간의 화합이 무엇보다도 중요하다고 할 수 있다. 아무리 능력이 있어도 화합하지 않고 혼자 나가려고 할 때 그 조직은 살아남기 어렵다. 하지만 힘이 약해도 일심단결하면 그 누구도 얕잡아 보기 어렵다.

그렇지만 처음의 염파처럼 전체를 생각하지 않고 자신의 입장에서만 세상을 보는 사람은 화합하려고 하지 않는다. 그리고 화합의 중요성을 잘 모른다. 그러나 세상은 절대 혼자 사는 것이 아니다. 서로의 힘이 필요하며 그 힘을 서로 뭉칠 때, 가장 무서운 힘이 될 수 있다는 것을 망각해서는 안 된다.

골육상쟁으로 패망한 원소의 아들들

이에 반하여 화합하지 못하거나 다른 사람의 원한을 사서 파멸에 이르는 경우가 많다. 원소의 아들들을 보자.

우유부단한 원소는 죽을 때까지도 후계자를 제대로 정하지 못하였다. 죽음에 임박해서는 상식을 깨고 큰 아들 원담이 아닌 자신이 총애하는 셋째 아들 원상을 후계자로 임명하였다. 그러는 바람에 원소의 아들들은 후계자 자리를 놓고 피 튀기는 골육상쟁을 벌이게 된다. 조조가 그들의 땅을 노리고 쳐들어 왔는데도 그들은 힘을 합하여 조조를 대응하기는커녕 오히려 조조를 자신들의 싸움에 끌어들이는 어리석음을 범하고 말았다.

원소의 큰 아들 원담은 원상과의 싸움에서 패하자 원상을 제거

하려고 조조와 동맹을 맺는다. 그러나 조조는 원상을 쳐 그들의 본거지인 기주를 차지하고 만다. 그런데도 원담은 원상과 힘을 합쳐 조조를 공격하기보다는 군사를 이끌고 이미 조조에게 초토화된 원상이 있다는 중산을 공격했다. 원상은 원담의 공격을 이겨내지 못하고 둘째 형인 원희가 다스리고 있는 유주로 달아났다. 원상의 군사들이 우두머리를 잃고 모두 원담에게 투항하자, 군세가 늘어난 원담은 생각이 달라져 중산에 머물며 기주를 다시 찾을 기회를 노렸다.

조조는 원담에게 사신을 보내어 다시금 동맹을 돈독히 다지려 했으나, 이미 마음을 바꿔먹은 후인지라 원담의 반응은 냉랭했다. 그러자 조조는 직접 군사를 이끌고 원담을 공격하기 위해 나섰다.

원담은 군세가 늘어났다지만 조조를 상대하기엔 부족하다 생각하여 유표에게 사자를 보내 구원군을 요청했다. 하지만 유표는 원담에게 형제의 의를 끊지 말고 아우를 도와야 한다는 글을 써서 원담의 제의를 거부하였다.

원담은 유표의 서신을 보고 어쩔 수 없이 평원을 버리고 남피로 달아났다. 이 사실을 안 조조는 서둘러 원담의 뒤를 쫓았다. 조조 군의 맹렬한 공격에 잠도 이루지 못하고 며칠 밤낮을 뜬 눈으로 보낸 원담은 겁이나 결국 모사 신평을 보내 조조에게 항복을 청하도록 했다. 그러나 조조는 항복을 받아들이지 않았다. 원담은 목숨을 걸고 싸우는 수밖에 없었다. 원담 군은 백성들을 방패막이로 앞장세워 죽기를 작정하고 조조 군에게 달려들었다. 하지만 역부족이었다. 조조는 몸소 북을 쳐 군사들이 힘을 내도록 독려하여 원담의 목을 베었다.

원담을 제거한 조조는 원희와 원상을 공격하였다. 유주에 있던 원상은 조조 군이 온다는 소식에 진작부터 전의를 상실해 군사를 몰아 요서로 달아났다. 그렇지만 조조는 끝까지 추적하여 원상의 목을 베었다.

이처럼 화합이 무너지면 결과는 처절하다. 외부에 적을 두고도 형제들이 합심하지 않고 오히려 적을 끌어들였으니 스스로 무덤을 파고 만 꼴이었다. 그들이 힘을 합했어도 조조를 이기기는 어려웠다. 이미 조조는 원소의 기세를 꺾고 자신들이 다스리는 영토까지 넘보고 있었다. 그런데도 그들은 자신들의 욕심 때문에 골육상쟁을 한 것이다. 그래서 그들은 완전히 망하게 되었다.

손자에게 원한을 사 고슴도치가 된 방연

깊은 원한을 사는 것도 파멸에 이를 수 있음을 알아야 한다. 대개 원한을 사는 경우는 주로 경쟁관계에 있을 때 성립한다. 서로 경쟁관계에 있어 내가 살기 위하여 경쟁자를 쓰러트리는 과정에서 발생하는 것이다. 이런 경우 부모 형제도 소용없으며 친구도 소용없다. 누구든 경쟁 상태에 있으면 한쪽의 희생이 불가피하다. 그래서 누구에게나 어느 정도의 원한관계는 있을 수 있다. 문제는 합리적이지 않고 비열한 방법으로 원한을 살 때이다. 이런 부조리한 원한은 언젠가는 반드시 복수의 칼날로 돌아온다.

손자로 알려진 손빈은 제나라 사람으로 젊은 시절에 방연과 함께 병법을 배웠다. 시간이 흘러 방연은 위나라 혜왕에 의해 장군이 되었다. 그는 평소 자신이 손빈을 당할 수 없다고 생각하여 그를 해하기 위해 계략을 꾸려 손빈을 위나라에 불러들였다. 그리고는 죄를 뒤집어 씌워 다리를 자르고 얼굴에 문신까지 하게 하였다. 그리고 사람들과 만나지 못하게 감시하였다.

이때 마침 제나라에 사신이 왔다. 손빈은 그 기회를 놓치지 않고 비밀리에 사신을 만났다. 사신은 손빈의 재능을 간파하고 자기 수레에 숨겨 그를 제나라로 데리고 갔다. 손빈은 제나라 장군 전기에게 빈객 대우를 받았다. 다시 전기는 손빈의 재주를 인정하여 제나라 위왕에게 천거하여 위왕은 이야기를 나눈 뒤 그를 군사로 임명하였다.

군사가 된 손빈은 자신을 숨기고 방연에 대한 복수를 손꼽아 기다리고 있었다. 시간이 흘러 마침내 기회가 왔다.

방연이 있는 위나라는 조나라와 손을 잡고 한나라를 공격하였다. 이에 한나라는 제나라에 지원요청을 하였고 제나라는 요청을 받아들여 손빈을 왕에게 추천한 전기를 장군으로 임명하여 한나라를 돕도록 하였다. 전기 장군이 위나라의 수도인 대량으로 향하여 갈 때, 위나라 장수 방연은 군사들을 돌려 전기 군대를 뒤에서 습격하려고 하였다.

이때 손빈은 위나라 군사들 스스로가 한나라 군사보다 용감하다고 생각하고 있으므로 그것을 이용해 일단 도망가는 것처럼 위장하여 적을 깊숙이 유인하자고 하였다. 그리고 도망가면서 아궁이

수를 하루에 반절로 줄였다.

방연이 제나라 군사들을 뒤쫓기를 사흘, 아궁이 수가 확연히 줄어드는 것을 본 방연은 제나라 군사의 반절 이상이 도망갔다고 기뻐하였다. 그래서 방연은 보병 부대를 뒤에 남겨둔 채 기병대만 이끌고 제나라 군대를 단칼에 베려는 듯 급히 추격하였다.

한편 손빈은 마릉 골짜기에서 복병을 숨겨 놓고 기다리고 있었다. 그리고 큰 나무에, "방연, 이 나무에서 죽는다."라고 써 놓고 명령하였다.

"밤이 되면 이 나무 밑에 불이 켜질 것이다. 그 불을 향해 일제히 쏘아라."

그날 밤, 방연이 나무 밑까지 와서 쓰여 있는 글자를 읽으려고 불을 켜는 순간 제나라 군대의 쇠뇌가 일제히 당겨졌다. 결국 방연은 고슴도치가 되어 죽게 되었다. 손빈의 깊은 원한이 방연을 죽음으로 몰고 간 것이다.

이처럼 원한은 자신의 심장을 노리는 적을 만든다. 방연처럼 상대의 원한이 크다고 무서운 보복이 따르는 것이 아니다. 사소한 원한일지라도 상대방의 무서운 보복을 받을 수 있다.

전국 시대에 중산이라는 작은 나라가 있었다. 어느 날 이 중산국 임금이 병사들을 위하여 잔치를 베풀었다. 그 자리에는 사마자기란 인물도 초대되었다. 그런데 마침 양 고깃국이 모자라 그에게는 차례가 가지 않았다. 이 일로 원한을 품은 사마자기는 초나라로 가더니 초나라 왕을 부추기어 중산을 공격하게 했다.

강대국인 초나라의 공격을 받은 중산국은 견딜 수가 없었다. 나라

를 버리고 멀리 도망친 중산의 임금은 지난 일을 이렇게 술회했다.

"원한은 깊고 얕음에 관계없이 상대방의 마음을 상하게 하는구나. 별 것도 아닌 국 한 그릇 때문에 나라가 멸망했구나."

터무니없는 일 같지만 하찮은 일이라도 남의 마음을 상하게 하면 이런 큰일이 일어날 수 있다. 이러한 인간관계의 기미는 오늘날에도 변함이 없다.

사람의 이름을 일일이 불러준 저우언라이

그럼 원한을 사지 않으려면 어떻게 해야 하는가? 자신을 위해 상대방을 궁지에 몰아넣지 말아야 하며, 한걸음 더 나아가 상대방에 대한 세심한 배려를 해야 한다.

27년간 총리를 지낸 저우언라이는 왜 중국인으로부터 가장 사랑받는 지도자가 되었을까? 그는 자신보다 먼저 상대방을 배려하는 사람이었다. 그는 수많은 사람들의 이름을 낱낱이 기억하여 불러주는 세심한 배려가 있었고, 학생들을 만났을 때조차 그들의 의견에 귀를 기울이며 그들의 질문에 정성껏 대답하였다. 그래서 그와 만난 사람들은 항상 감동을 받았다. 그가 20세기 가장 훌륭한 외교관이 될 수 있었던 것도 상대방에 대한 세심한 배려가 있었기 때문이다. 미국을 대표하는 키신저마저도 저우언라이를 가장 감동적인 사람이었다고 평했을 정도다.

반면에 방연이 죽게 된 것은 손빈을 궁지에 몰아넣었기 때문이

다. 또 중산 왕이 망하게 된 것은 배려가 부족했기 때문이다. 초대
했으면 그만한 대우를 했어야 하는데 부족하다고 손을 놓았기 때
문에 초대받은 사마자기가 자신을 무시한다고 생각하고 그렇게 한
것이다. 그러므로 원한을 사지 않기 위해서는 상대방을 존중할 줄
알아야 하며 상대방을 무시하는 태도를 삼가야 한다.

상대방을 존중해주면 긍정적인 보답으로 이익이 돌아오지만, 상
대방을 무시하면 부정적인 보답으로 피해를 입게 된다. 다른 사람
에 대한 긍정과 칭찬이야말로 원한의 감정을 잠재우는 최대의 무
기라는 것을 잊지 말자.

술수를 술수로 복수한 성선회

세상을 항상 정정당당하게 살아갈 수는 없다. 자칫 자신이 죽을
수 있는 상황에서 정정당당하게만 맞서려고 하는 것은 어리석게
보인다. 그래서 그런 상황에서는 종종 상대방을 이기려는 술수를
쓰기 마련이다. 이런 술수를 좋게 표현하여 '지모'라고 한다. 상대
방을 속이거나 허점을 찔러 상대방을 쓰러뜨리기 때문이다.

하지만 이러한 방법은 정정당당하게 맞서지 않은 것이기 때문에
때로 도덕적인 면에서 많은 비난을 받을 수 있다는 점도 기억해야
한다. 그러나 이런 도덕적인 비난에도 불구하고 생존 게임에서는
어느 정도의 술수가 필요하다.

더욱이 상대방이 정정당당하게 맞서지 않고 치사한 방법을 사용

하여 공격해올 때는 더욱 술수가 필요하다. 청나라 말기 대상인이었던 호설암과 성선회를 보자. 이들은 한참 서양의 문물을 받아들이자는 양무운동이 전개되고 있는 시기에 정치 세력의 비호를 받으며 부를 축적한 대상인이었다. 호설암은 보수적인 좌중당의, 성선회는 개혁적인 이홍장의 후원을 받으며 자신의 사업체를 각각 확장해나갔다. 그러다 보니 자동적으로 두 사람 사이에 마찰이 일어나게 되었다.

성선회보다 나이가 20세 정도 많은 호설암은 성선회가 사업에 뛰어들기 전에 이미 자리를 잡고 욱일승천하고 있었다. 반면 성선회는 이홍장의 후원으로 하루가 다르게 성장하고 있었다. 특히 서양의 문물을 받아들여야 한다는 입장인 이홍장 밑에서 사업을 하는 것은 성선회가 더욱 사업장을 확장시키는데 큰 도움이 되었다. 성선회는 이홍장의 후원 아래 증기선 운수 사업을 계획하여 멋지게 성공시켰다.

이 과정에서 호설암은 여러 대신들을 꼬드겨 성선회가 이 일을 하지 못하도록 방해 공작을 펼쳤다. 그들은 서양의 문물이 사악하다고 하여 그것에 반대하였다. 그러나 서태후는 자신이 가장 아끼는 시계를 내비치며 그들을 호되게 질타하였고 서양문물을 받아들여야 한다는 이홍장 편을 들어주었다. 이로써 호설암의 모략은 실패로 끝나고 성선회는 사업가로서 발판을 마련하였다.

그래도 호설암은 포기하지 않았다. 호설암은 자신의 막강한 지위를 이용하여 상인들에게 압력을 행사하여 성선회가 민간자본을 유치하여 벌이는 운수 사업에 돈을 투자하지 못하게 계략을 꾸몄다. 그러나 그 음모도 얼마가지 못해 들통 나 실패로 끝났다. 이 사건으로 인해 성선회는 호설암에 대해 악감정을 가지게 되었다. 하지만 성선회는 아직 힘이 모자라니 적당한 때를 기다리고 있었다.

그후에도 호설암은 성선회가 벌이려는 모든 사업에 대해 이런 식으로 대응하였다. 마침내 힘을 키운 성선회가 칼을 빼들었다. 성선회는 호설암이 비단과 차 사업에 정신이 팔려 있을 때 전신 사업에 뛰어들어 승승장구하고 있었다. 호설암은 성선회의 성공을 방해하기 위해 그의 후원자인 좌중당을 이용해 좌중당의 관할 지역에 전선을 가설하지 못하도록 하였다. 그리고 그는 좌중당의 상소를 통해 그 지역의 전신 사업을 자신이 해야 한다고 주장하여 마침내 발주를 따내는 수완을 발휘하였다.

성선회는 분노하여 덴마크의 합작 회사와 짜고 전선과 기자재 값을 세 배로 올리게 하고 가장 품질이 나쁜 제품을 공급하게 하였다. 호설암은 그것도 모르고 공사를 계속하다 결국 포기하는 사태에 직면하였다. 그래서 그는 파직을 당하고 그 일을 성선회에게 고스란히 넘겨주어야만 했다.

성선회의 복수는 여기서 끝나지 않았다. 그는 호설암을 한 방에 무너뜨리는 방법을 강구하였다. 그는 호설암이 생사를 매점매석하며 횡포를 부린다는 사실을 알고 생사를 사들여 호설암의 단골들에게 좋은 가격에 팔았다. 그리고 각지의 상인들뿐 아니라 외국 기업과 연통하여 호설암의 생사를 사지 말 것을 종용하였다. 그 당시 호설암에게 불만이 많던 사람들은 성선회를 순순히 따랐다.

그러자 호설암은 자금난에 시달리게 되었다. 성선회는 호설암에게 지급되는 정부 자금을 20일 정도 지연시키도록 했으며, 그것도 모자라 호설암이 운영하는 부강은행이 위급하다는 소문을 퍼트려 예금자들이 일시에 돈을 찾도록 하였다. 이렇게 되자 천하의 호설암도 어쩔 도리가 없었다. 그는 땅문서며 부동산을 저당 잡히고, 사재기 해둔 생사를 헐값에라도 팔아치워 이 사태를 막아보려고 애썼지만 역부족이었다. 도리어 출금사태는 더욱 거세졌다. 전국 각지의 부강은행 지점은 출금을 요구하는 사람들로 인산인해를 이루어 문지방이 닳아 없어질 지경이었다.

　　그제야 호설암은 누군가 이 일을 배후에서 꾸미고 있다는 데 생각이 미쳤다. 알아보니 과연 그 배경에는 성선회가 버티고 있었다. 호설암은 계속되는 타격에 분을 이기지 못하고 마침내 하늘을 우러러 소리쳤다.

　　"성선회, 우리의 승부는 아직 끝나지 않았다!"

　　그리고 그는 피를 토하며 쓰러져 영영 일어나지 못하고 말았다.

　　이처럼 상대방이 도덕적으로 비난 받을 수 있는 정당하지 못한 방법으로 공격해오면 술수를 써서라도 상대방을 쓰러뜨려야 한다. 그렇지 않으면 상대방이 자신을 얕잡아 보고 무너뜨리려 하기 때문이다. 그래서 술수는 자신의 방어적 차원에서 필요하다고 할 수 있다.

사자의 힘과 여우의 지혜를 가지라는 마키아벨리

마키아벨리 역시 경쟁적이고 혼탁한 세상에서 도덕이나 윤리, 사랑으로 인간의 모든 문제를 해결할 수는 없다고 했다. 더욱이 인간은 힘 있고 두려운 자를 충성하고 애정 있는 자를 더 쉽게 배반하는 습성이 있다. 원래 인간은 이기적이어서 의리에 기반을 둔 정보다는 이해타산을 더 좋아하기 때문이다. 그래서 마키아벨리는 무릇 군주는 불가피하게 힘 있는 사자나 약삭빠른 여우의 성질을 배울 필요가 있다고 주장한다.

사자는 지혜가 없어 함정에 빠지기 쉽지만 여우는 힘이 없어 늑대를 당해낼 수 없다. 함정을 알아차리기 위해서는 여우와 같은 머리가 있어야 하고, 늑대를 잡기 위해서는 사자의 힘이 필요하다. 그저 사자의 힘만 믿고 덤비는 것은 졸렬하기 짝이 없는 결과만을 가져온다는 것이다.

그렇기 때문에 무릇 명군이 되기 위해서는 신의를 지키어 자기에게 해가 올 경우나 약속을 맺을 당시와는 상황이 달라져 손해가 나게 될 때는 여우와 같은 재주로 그런 약속을 지켜서는 안 된다고 마키아벨리는 주장한다. 될 수 있으면 선한 길을 가야겠지만, 필요할 때에는 악의 길에도 서슴지 않고 발을 들여 놓을 줄 알아야 한다는 것이다. 마키아벨리는 다음과 같이 말한다.

"인간이 언제나 선량하고 정의에 따라 행동하는 것은 위험하다. 그렇지만 그렇게 보이는 것은 절대적으로 필요하다."

마키아벨리 1469~1527

이탈리아 르네상스의 꽃을 피웠던 북 이탈리아의 피렌체에서 태어났다. 그의 아버지는 변호사였고 생활은 중류층이었지만 대학은 졸업하지 못했다. 그의 청년기에는 피렌체에 메디치가의 로렌초가 황금기를 구가하고 있었다. 로렌초가 죽고 나서 조금 후에 공화정부가 수립되었는데, 29세의 마키아벨리는 재외공관이나 국내의 여러 관청에서 서기관으로 일하기 시작했고, 그후 15년 동안 외교에서 핵심적 역할을 한다. 그러나 1512년 메디치가가 다시 세력을 회복하자, 그는 관청을 떠나 피렌체에 교외로 은퇴하여 저술활동에 전념하였다. 메디치가의 세력이 다시 약화되자 예전의 직위를 되찾기 위해 피렌체로 돌아가던 중에 사망했다.

마키아벨리는 군주라면 바탕은 선해야 하지만 때로는 악해져야 한다고 주장했다. 인간은 본래적으로 선한 존재가 아니어서 악한 사람들 속에서 자신을 방어하기 위해서는 악해지는 법을 배워야 한다는 것이다. 어떤 경우라도 착하기만 하면 악한 사람들 속에서 파멸하기 때문이다. 그래서 그는 악덕처럼 보이더라도 나라의 번영을 위해서라면 그것을 행해야 한다고 했다. 종종 자신의 나라를 지키기 위해 군주는 인정과 자비, 그리고 믿음에 반대되는 행동을 행해야 한다는 것이다.

덕으로 일국의 황제가 된 유비

하지만 술수가 영원히 통하는 것이 아니다. 술수를 많이 쓰면 쓸수록 사람들은 그 사람을 믿지 않게 된다. 특히 술수가 자신의 이익을 위해 이루어진 것이라면, 시간이 지날수록 사람들은 그 사람에게서 멀어진다. 그래서 술수를 주장한 마키아벨리조차도 술수를 쓰면서도 선하고 정의롭게 행동하는 것처럼 가장하라고 했다.

하지만 여우의 탈을 쓰고 가장만 해서도 오래 갈 수 없다. 특별한 경우가 아니면 술수는 써서는 안 된다. 술수 이전에 근본적으로 덕이 있어야 한다. 덕은 공기와 같아서 있을 때는 소중한 것을 모르지만 없어지면 곧바로 숨이 막혀 온다. 온갖 비리와 부조리가 유행처럼 번지고 무질서와 혼란이 가속화 된다. 그런 와중에 힘 있는 자는 그래도 괜찮지만 약자는 완전 탈진하게 된다. 그래서 덕이 바로 서야 세상이 원만히 돌아가는 것이다.

그런데도 자본주의 사회에서는 덕보다는 능력을 우선시 하는 경우가 있다. 능력이 없으면 생존하기 어렵기 때문이다. 그러나 능력이 아무리 소중하다 하더라도 더불어 사는 사회가 되기 위해서는 덕이 필연적으로 동반되어야 한다. 만일 덕이 동반되지 않는다면, 능력은 편협하여 부조리하고 불공평한 세상을 만들 소지가 농후하다. 특권층이 만들어지며 부자를 더욱 부자로 만들고, 가난한 사람을 더욱 가난하게 만든다. 그래서 세상에는 능력도 능력이지만 반드시 도덕성이 전제되어야 한다.

또한 도덕성은 세상을 원활하게 움직이는 소극적 의미만 가지고 있는 것이 아니다. 그것은 사람을 움직이는 원동력으로 작용한다. 덕은 자신의 이익을 앞세우는 술수와는 달리 다른 사람을 배려하는 마음에서 출발한다. 그렇기 때문에 덕은 상대방을 움직이는 힘으로 작용한다.

왜 유비가 촌사람에서 일국의 황제의 자리까지 올라갈 수 있었는가? 그것은 유비에게 덕이 있었기 때문이다. 지략이 뛰어난 조조가 무능한 유비를 경계한 것은 사실 이것 때문이었다. 조조는 능력에서는 훨씬 뛰어났지만 안타깝게도 유비에 비해 덕이 부족하였다. 조조는 상대방의 입장보다는 자신의 권력을 우선으로 하였다. 하지만 유비는 언제나 자신의 입장보다는 상대방의 입장에서 생각하였다.

때로는 그것이 화근이 되기도 하였다. 유표가 자신의 자리를 이어받아 형주의 태수가 되어줄 것을 유비에게 간곡히 부탁했지만 유비는 유표에게 아들들이 있기 때문에 그럴 수 없다고 하였다. 유표가 자식들이 있어도 무능하니 맡아달라고 재차 요구해도 유비는 한사코 거부하였다. 공명이 그것을 받으라고 해도 소용이 없었다.

그러나 그 결과는 참담하였다. 유비가 이것을 거부하는 바람에 아들 간에 권력 싸움이 일어났고 그 싸움에 휘말려 유비는 쫓기는 신세가 되었다. 게다가 유표의 둘째 아들이 조조에게 항복하는 바람에 형주는 고스란히 조조에게 넘어 가게 되었다. 유비는 또한 관우와 장비의 만류에도 불구하고 자신을 찾아온 손님을 못 본체 할 수 없다고 하여 오갈데없는 여포를 받아 들였다가 서주 성을 여포에게 빼앗기는 참담한 결과를 낳기도 하였다.

하지만 그는 덕이 있었기에 관우와 장비라는 용맹한 장수와 공명이라는 걸출한 인물을 얻을 수 있었다. 유비는 아무리 지위가 높아져 관우와 장비가 서운하지 않도록 같이 숙식을 할 정도로 아우들에 대해 세심한 배려를 했다. 또한 자신의 나이보다 20세 정도 어린 새까만 청년 공명을 예를 다하여 3번이나 찾아 갔다. 유비는 자신을 최대한 낮추고 상대방을 배려하여 상대방으로부터 깊은 신뢰를 얻었다. 그래서 유비를 따르는 사람들은 유비를 위해서라면 목숨까지도 마다하지 않았다. 이런 인덕에 힘입어 그는 결국 촉나라의 황제가 될 수 있었다.

유비는 아들 유선에게도 다음과 같은 유언을 남겼다.

"인생을 50까지 살면 단명이라고 할 수 없다. 그런데 나는 60이 넘게 살았다. 이제 여한이 없다. 다만 너의 형제에 대해 마음이 걸리는 것이 있다. 작은 악이라도 결코 행해서는 안 된다. 또 작은 선이라 해서 태만해서는 안 된다. 어진 것과 덕이 사람을 움직이게 만든다. 너의 아비는 덕이 모자랐다. 이 아비를 닮지 마라."

병사의 고름을 빨아준 오자

오자라고 불리는 오기 역시 상대방을 배려하는 마음이 군사를 다스리는 강력한 무기라고 믿었던 사람이었다. 그래서 그는 항상 부하의 마음을 배려하면서 군을 이끌었다. 항상 군사들과 똑같은 것을 입고 먹으며 매사에 병사와 동고동락하였다.

어느 날 한 명의 병사가 막사에서 종기로 괴로워하고 있었다. 그것을 본 오기는 자신의 입으로 종기 고름을 빨아주었다. 나중에 이 이야기를 전해들은 병사의 어머니는 울음을 터뜨렸다. 옆에 있던 남자가 이상하게 생각하며 "당신 아드님은 병사인데도 장군이 손수 고름을 빨아주지 않았습니까. 그런데 왜 우는 것입니까?"라고 물었더니, 그 어머니는 이렇게 대답했다.

"그렇지 않습니다. 실은 몇 년 전에 오기 장군님께서는 그 애 아버지의 고름을 빨아주셨습니다. 그후 그 사람은 오기 장군님을 따라 전쟁에 임했는데, 어떻게든 그 은혜를 갚으려고 적에게 절대로 등을 보이지 않고 당당히 싸우다가 그만 죽고 말았습니다. 들어보니 이번에는 제 아들의 고름을 빨아주셨다고 합니다. 이것으로써 그 아이의 운명도 결정되었다고 생각합니다. 그래서 이렇게 울고 있는 겁니다."

오기는 병사들의 마음을 배려하고 괴로움을 나누면서 상대방의 마음을 사로잡았다. 그래서 그는 전쟁에서 승리할 수 있었다. 이처럼 덕은 사람을 움직이는 근본적인 힘이다. 그래서 덕이 있는 사람은 뛰어난 재주가 없어도 사람들을 움직여 자신이 목적한 바를 이룰 수 있다. 덕만 제대로 쌓아도 자신이 목적한 바를 성취할 수 있는 것이다. 춘추 시대의 명재상이었던 관중도 이런 사실을 간파하고 "받으려 하면 먼저 주어라."라고 했다.

TIPS

오기 |BC 4세기 초

춘추 말기 사람으로 오기에 관해서는 《사기》를 통해서 알 수 있다. 그는 공자의 제자인 증자에게서 배우고 노나라에서 벼슬을 하였다. 오기가 노나라에서 벼슬을 하고 있을 때, 제나라가 공격해왔다. 노나라에서는 오기를 장군으로 기용하려 하였으나, 오기의 아내가 제나라 출신이었기 때문에 내통할지도 모른다는 의심을 사게 되었다. 이름을 떨칠 좋은 기회라고 생각한 오기는 자기 아내를 죽이고 결백함을 증병해 보임으로써 장군으로 임명되어 제나라를 크게 물리쳤다.

오기는 정치적인 면에서도 혁신적인 사람이었다. 오기가 초나라 도왕에게 나라의 폐단을 없애기 위해 대신들의 권한과 군으로 봉해진 사람을 축소해야 한다고 건의하였다. 한편 오기 때문에 벼슬자리에서 쫓겨난 초나라 왕족들은 모두 오기를 미워하여 그를 죽일 기회만을 엿보고 있었다. 그러다가 도왕이 세상을 떠나자, 왕족들과 대신들이 반란을 일으켜 오기를 치려고 했다. 오기는 도왕의 시신을 안치해둔 방으로 달아나 그 시신 뒤에 엎드렸다. 군왕의 시신에 손을 델 수는 없을 것이라고 생각했기 때문이다. 그런데 폭도들은 그런 것에 전혀 개의치 않고 오기에게 화살을 퍼부었다. 오기는 고슴도치가 되었다. 그런데 그들이 쏜 화살은 도왕의 시신까지 꿰뚫고 말았다.

도왕의 장례식이 끝나고 태자가 임금의 자리에 오르자, 그는 재상에게 명하여 부왕의 시신에 화살을 쏜 자들을 모두 참수하도록 하였다. 이로 인해 오기를 죽이려다 도왕의 시신을 욕되게 한 죄로 멸문지화를 당한 집안이 무려 70가구나 되었다. 오기는 죽어서까지 보복을 한 것이다. 이것을 볼 때 오기는 영악한 사람이라고 볼 수 있다. 또한 아내를 죽인 것으로 보아 잔인한 성격의 소유자라고 할 수 있다.

그가 쓴 《오자병법》은 《손자병법》에 비해 사상적인 심오함은 떨어지지만 실전을 하는데 있어서는 훨씬 구체적이고 생동감 있게 전쟁을 표현하고 있다.

연못을 만들어 난교 파티를 한 은나라 주왕

덕이 없으면 그 누구도 오래 갈 수 없다. 덕이 없는 사람은 처음부터 끝까지 자신의 이익을 위해 움직이므로 어느 순간 사람들로부터 신뢰를 잃어버린다. 그래서 덕이 없으면 아무리 큰 제국이라도 망한다.

은나라의 주왕을 보자. 은나라 주왕은 달기라는 미녀를 좋아하였다. 그래서 그는 그녀가 하는 말이면 무엇이든지 다 들어주었다.

연못을 만들어 그곳에 술을 가득 채우는가 하면 연못 가장자리에 있는 나무마다 고기를 매달아 놓고 그 사이에서 난교 파티를 했다. '포락지형'이라는 잔악한 놀이를 즐겼다는 기록도 있다. '포락지형'이란 이글이글 피어오르는 숯불 위에 기름을 칠한 구리 막대기를 걸쳐 놓고 죄수로 하여금 그 위를 걸어가게 하는 형벌이다. 죄수들이 차례로 미끄러져 숯불 위에 떨어지면 주왕은 달기와 함께 술을 마시면서 그들이 타 죽는 것을 바라보며 즐겼다고 한다.

주왕의 폭정에 시달리던 사람들은 은나라 중신이자 제후인 주나라 무왕에게 쿠데타를 일으키라고 종용했다. 무왕은 아버지인 문왕 이후 선정을 베풀어왔을 뿐 아니라 영토의 일부를 은나라 주왕에게 바치고 백성으로 하여금 '포락지형'을 면하게 하는 등 인의에 힘써온 결과 모든 제후와 백성으로부터 사모와 존경을 받고 있었다.

제후들은 은나라를 토멸해야 한다고 무왕을 졸랐지만, 무왕은 아직 그럴 시기가 아니라며 움직이지 않았다. 그러고 나서 2년이 흘렀다. 무왕은 주왕의 포악함이 절정에 달하자 더 이상 두고 볼 수 없어 마침내 은나라를 멸망시켰다.

민심이 천심임을 강조한 당 태종

역사 속의 수많은 흥망성쇠에는 군주의 무능뿐만 아니라 부도덕성도 한몫을 한다. 왜 로마가 망했는가? 귀족들의 사치와 향락 때문이다. 왜 백제가 망했는가? 의자왕이 사치와 향락 때문이다.

당나라를 반석 위에 올려 놓은 당 태종도 이런 사실을 잘 알고 있었다. 그래서 그는 나라를 다스리는 사람은 먼저 인심에 귀를 기울여야 함을 강조한다. 어느 날 당 태종이 중신들에게 이렇게 말했다.

"군주인 자는 무엇보다도 우선 백성생활의 안정을 염두에 두어야 한다. 백성을 착취하여 사치스런 생활에 몰입하는 것은 자신의 다리 살을 떼어 내어 먹는 것과 같아서 배가 불렀을 때는 이미 몸이 다 망가져 있다. 천하의 안녕을 바란다면 우선 자신의 자세를 바르게 할 필요가 있다. 이제까지 몸은 똑바로 서 있는데도 그림자가 비뚤어지거나, 군주가 훌륭한 정치를 하는데 백성이 고생한다는 얘기는 듣지 못했다. 나는 항상 이렇게 생각한다. 몸의 파멸을 불러오는 것은 다른 이유가 있는 것이 아니다. 바로 자신의 욕망이 원인이다. 항상 산해진미를 먹고 음악이나 여자에게 빠져 있다면 욕망의 대상은 끝없이 퍼져서 그에 소요되는 비용도 엄청나게 커진다. 이렇게 되면 정치에 소홀하게 되고, 백성을 괴로움에 빠지게 할 뿐이다. 게다가 군주가 도리에 맞지 않는 말을 한마디라도 하면 백성의 마음은 산산이 흩어져 반란을 꾀할 것이다. 반란을 실행하는 자도 나올 것이다. 그래서 나는 항상 이 점을 염두에 두고 최대한 내 자신의 욕망을 억제하려고 노력한다."

당 태종과 마찬가지로 맹자도 백성을 위한 정치를 하기 위해서는 억압적인 힘이 아닌 사랑으로 백성을 다스릴 것을 강조한다.

"무력으로 인을 가장하는 것을 패도라 하고 도덕으로 인을 실행하는 것을 왕도라 한다. 힘으로 사람을 복종시키는 것은 마음으로 복종시키는 것이 아니며 힘이 부족하니까 복종하게 된다. 그러나 덕으로 사람을 복종시키는 것은 70제자들이 공자에게 복종하는 것과 같이 진심으로 복종하는 것이다."

《채근담》 역시 덕이 모든 것의 근본이어야 함을 다음과 같이 말해주고 있다.

"도덕을 지키며 사는 사람은 일시적으로 적막하지만, 권세에 의지하고 아부하며 사는 사람은 영구히 처량하게 된다. 도리에 통달한 사람은 눈앞의 재물이나 지위를 보고도 진리를 생각하며 사후의 명예를 생각한다. 그러므로 일시적인 적막함을 받을지언정 영구적인 처량함을 취해서는 안 될 것이다."

부드러움이 이긴다, '중용'

세상을 살아갈 때 하나의 원칙으로만 살 수는 없다. 세상은 우리가 생각하는 것 이상으로 다양할 뿐만 아니라 변화무쌍하다. 똑같은 사람이라도 착한 사람이 있는가 하면 악한 사람도 있다. 착한 사람들이 많다면 법이 없어도 살 수 있지만 악한 사람들이 득실거린다면 강한 법이 없으면 살 수가 없다.

또한 고대 그리스 철학자 헤라클레이토스가 "우리는 똑같은 강물에 두 번 다시 들어 갈 수 없다."라고 말한 것처럼, 세상은 늘 변화하고 영원한 것은 없다. 인간도 태어나면 죽어야 하고 영원할 것 같은 만남에도 헤어짐이 있다. 세상은 좋다가도 나빠지기도 하고 나빠지다가도 좋아지기도 한다. 그래서 세상을 한마디로 '이렇다'

라고 단정할 수 없다.

만일 이처럼 세상이 다양하고 변화무쌍한 것이라면 세상을 살아가는 규칙이 하나일 수는 없다. 때로는 상충되는 다양한 규칙이 존재할 수밖에 없다. 왜냐하면 상황이 달라지면 그에 따라 규칙도 달라져야 하기 때문이다. 경험론 철학자 존 로크는 이것을 다음과 같이 표현한다.

"사람들 사이에 발견되는 도덕규칙은 매우 다양한 의견들만 존재할 뿐이다."

TIPS

헤라클레이토스 BC540?~480?

헤라이클레이토는 에페소스에서 태어났다. 그는 왕족 출신으로 때로는 오만불손하기도 하여 당시의 에페소스 시민들은 물론이고 호메로스나 피타고라스 등 시인이나 철학자들까지도 그를 통렬하게 비방하였다.

그의 핵심사상은 "만물은 유전한다."이다. 그래서 "우리는 똑같은 강물에 두 번 다시 들어 갈 수 없다."는 것이다. 강물이 새로운 물결을 일으키며 흘러가듯이, 인간 또한 영혼을 포함하여 끊임없이 변화하고 있다. 변화하지 않는 것은 아무것도 없다. 그는 변화하는 어떤 것을 불이라고 하였다. 즉 우주는 '영원히 타는 불'과 같이 끊임없이 변화하는 것이다. 그런데 변화하는 과정 속에는 서로 상반하는 것의 싸움이 있고, 만물은 이와 같은 싸움에서 생겨나는 것이다.

따라서 헤라클레이토스가 볼 때 '싸움은 만물의 아버지요, 만물의 왕'이다. 그러나 그러한 싸움 중에도 그는 그 속에 숨겨진 조화를 발견하였다. 그는 이것을 세계를 지배하는 로고스라 하였다.

자신이 만든 법 때문에 가족까지 몰살당한 상앙

그런데도 세상의 다양성과 변화무쌍함을 무시한 채 모든 것을 하나의 원칙만으로 해결하려는 현명하지 못한 사람들이 있다. 물론 원칙이 없으면 혼란해지기 쉽다. 혼란은 질서를 무너뜨리고 힘이 모든 것을 지배하는 최악의 상황으로 몰고 간다. 그러므로 원칙을 확립하여 가는 것이 원칙이 없는 것보다 훨씬 바람직하다.

하지만 원칙이 중요하다고 하여 모든 일에 하나의 원칙만을 밀고 나가는 것은 더욱 어리석고 위험천만한 일이다. 하나의 원칙만을 강조하는 사람은 세상을 볼 때 하나의 절대적 기준을 내세워 세상을 살아가는 사람으로 융통성을 찾아보기가 어렵다. 융통성이 없으면 너무나 경직되어 대세를 그르치게 된다.

전국 시대 상앙이 대표적인 사람이다. 그는 모든 문제를 강력한 법이라는 원칙을 통해 해결하려고 하였다. 상앙은 위나라 사람이었지만 몇 번의 건의에도 불구하고 위나라에서는 그를 중용하지 않았다. 그러던 중 진나라에서 널리 인재를 구한다는 말에 상앙은 진나라 효공을 만나 마침내 중용되었다. 상앙은 효공의 지원을 받아 개혁을 단행하였다. 개혁의 골자는 강한 법을 만들어 나라를 다스린다는 것으로 내용을 간추리면 다음과 같다.

5인조, 10인조 제도를 만들어 백성들을 서로 감시하고 고발하며 누군가 벌을 받으면 다른 사람도 처벌받게 한다. 타인의 범죄를 알고서도 고발하지 않는 자는 허리를 베는 요참형에 처한다. 그리고 고발한 자에게는 적의 목을 잘라 온 것과 같은 상을 주며, 반대로 죄인을 숨겨 준 자에게는 적에게 항복한 것과 같은 벌을 준다.

어른이나 아이나 힘을 합쳐 농사와 직물을 본업으로 삼도록 한다. 그 이외의 직업에 종사하고 싶은 자나, 게으르기 때문에 가난한 사람은 노예로 삼는다.

왕족일지라도 공을 세우지 못하는 자는 심사하여 왕적을 빼앗는다. 신분의 등급을 정하여 확실한 차별을 둔다. 공을 세운 자에게는 사치를 허용하지만 아무리 부자일지라도 공이 없으면 호화로운 생활을 허용치 않는다.

상앙은 지금의 헌법에서 배제하고 있는, 어떤 사람이 죄를 지으면 그와 관계를 맺고 있는 사람까지 처벌하는 연좌제법까지 만들어 강력하게 나라를 다스려 나갔다.

그러나 강한 것이 부드러운 것만 못하다는 노자의 말처럼, 상앙의 강한 법은 그만큼 강한 반발을 불러 일으켰다. 어느날 태자가 공을 세우지 않고 사치해서는 안 된다는 법을 어기는 일이 발생하였다. 상앙은 태자를 처벌하려고 했지만 왕의 반대로 처벌할 수는 없었다. 대신 태자를 보위하고 가르치는 사람들을 처벌하였다. 그리하여 공자 건은 코 베는 형벌을 받았고, 공손가는 이마에 죄인이라는 문신을 새기는 형벌을 받았다. 그 뒤로 두 사람은 창피하여 한 발짝도 밖을 나가지 못했다. 이런 일이 있은 뒤 진나라 사람들은 몹시 놀라 열심히 일하기 시작하였다. 일하지 않아서 가난하게 되면 노예가 되기 때문이었다.

개혁을 하고 10년이 흐르자, 진나라는 강국이 되어 갔다. 결과가 좋게 나오자 상앙은 늦추지 않고 법을 점점 강하게 만들었다. 그리하여 진나라에서는 길에 물건이 떨어져 있어도 아무도 그 물건을 주워가지 않았고 도둑도 사라졌다. 이런 공적으로 상앙은 재상이 되었으며 진나라는 가장 강력한 나라가 되었다.

강력해진 진나라는 위나라가 약해진 틈을 타서 위나라를 쳐 위나라 땅의 일부까지 빼앗았다. 그러나 법이 너무나 강했기에 불만의 목소리는 점점 커져갔다. 특히 특권을 빼앗긴 공자나 귀족들의 반발들이 거셌다. 아무리 높은 지위라도 공적이 없으면 특권을 누릴 수 없기 때문이다. 그런데도 상앙은 강력한 법치주의를 고집하였다.

그러나 상앙의 권력도 오래 갈 수 없었다. 상앙을 지지해준 혜공이 죽었기 때문이다. 혜공이 죽자 태자가 왕위를 계승하였다. 그가 진나라 혜문왕이다. 이때를 기다렸다는 듯 혜문왕 때문에 지난 날 코를 베인 공자 건이 상앙이 모반을 꾸미고 있다고 고해 바쳤다. 때마침 혜문왕도 자신의 과오 때문에 지독한 형벌을 내린 상앙을 좋지 않게 생각하고 있었다. 그래서 혜문왕은 군사를 보내 그를 체포하게 하였다.

상앙은 사태가 긴급하게 돌아가자 부하 몇 명을 데리고 다른 나라로 망명하려고 했다. 그리고 국경 가까이에 이르러 숙박할 곳을 찾았다. 그러나 숙박할 곳이 없었다. 상앙 자신이 만든 관문을 통과할 수 있는 증명서가 있어야 숙박할 수 있었기 때문이다. 만일 증명서가 없는 사람을 숙박시키면 여관 주인이 처벌을 받아야 했다.

그때서야 상앙은 법이 너무 강하면 오히려 폐가 된다는 것을 깨달았다. 하지만 때는 이미 늦었다. 자신이 철저히 만들어놓은 감시

제도에 상앙의 움직임은 그대로 포착되었다. 그리하여 진나라는 정나라로 도망가려는 상앙을 체포하여 온몸이 찢기는 능지처참으로 처형시켰다. 그리고 그 일가족도 상앙 자신이 만든 연좌제에 따라 모두 처형하고 말았다.

이처럼 상앙이 나쁜 결과를 초래하게 된 이유는 무엇일까? 법도 눈물이 있는 법인데 상앙은 법을 너무나 강하게 만들어서 법으로 사람을 잡았다. 원래 법은 사람을 위해서 있는 것이므로 상황에 따라서는 자비를 베풀어 탄력적으로 운영되어야 한다. 그러나 상앙이 만든 법은 눈물도 자비도 없었다. 법 자체도 너무나 강한데다가 융통성 없이 운영하는 바람에 사람들이 숨이 막혀서 살 수 없게 된 것이다. 상앙 자신이 도망가는 길에야 그런 사실을 깨달았지만 이미 너무 늦었다.

진나라가 망한 근본적 이유

그런데 이런 불행한 사태는 진시황으로 이어졌다. 비록 상앙이 죽었지만 진나라는 상앙이 만들어놓은 강한 법을 유지하였고 진시황은 강력한 법을 가지고 나라를 다스려야 한다는 한비자의 주장을 수용하여 더욱 강력한 법을 만들어 다스렸다.

그 결과 그는 천하통일의 위업을 달성하였다. 하지만 진시황은 천하통일을 이루고도 고삐를 전혀 놓지 않았고 백성들의 원성이 하늘을 찔렀다. 강제적인 부역을 만들어 만리장성을 쌓고 아방궁을 지으며 백성들을 수탈하였기 때문이다. 부역에 참가해야 하는 사람이 제 시간에 부역할 장소에 도착하지 않으면 사형을 당할 정도로 법이 엄격했다.

백성들이 이젠 통일이 되었으니 강압정치를 하지 말고 숨통이 트이게 덕으로 너그러이 다스리라고 해도 소용이 없었다. 오히려 그런 사람들을 잡아다가 생매장시키고 덕을 가르치는 유학 책을 불사르는 무자비한 분서갱유를 일으켰다.

진시황이 죽자 강한 법에 참다못한 백성들은 반란을 일으켰다. 처음에 일어난 반란은 진승반란이었는데, 진승 역시 부역에 참여하려다 양자강이 범람하는 바람에 제 날짜에 갈 수 없었다. 어차피 가도 죽을 운명이었다. 그래서 진승은 같이 가던 농민들을 꼬드겨 반란을 일으켰다. 이 반란을 도화선으로 전국에서 반란이 일어났다. 이 반란으로 인해 어렵게 천하를 통일한 진나라는 허망하게 망하는 비운의 운명을 맞이하였다. 만일 진시황이 전국을 통일하고 탄력적으로 나라를 다스렸다면 과연 진나라가 그렇게 허망하게 무너졌을까?

중용의 의미

모든 것은 융통성이 있어야 한다. 아무리 좋은 법도 너무나 원리원칙에만 충실하다 보면 처음에는 좋은 것처럼 보여도 역효과가 난다. 그래서 때에 따라서는 원칙에만 매달리기보다는 용서와 자비를 베푸는 유연함과 탄력이 요구된다.

탄력성과 유연함은 행복의 조건인 아리스토텔레스의 '중용'에 잘 나타나 있다. 중용은 과도한 것도 부족한 것도 아닌 중간 상태를 말한다. 운동이 좋다고 해도 너무 많이 하면 몸에 해롭다. 그렇다고 운동을 하지 않는 것도 역시 몸에 좋지 않다. 적당한 때에 알맞게 하는 운동이 몸에 좋은 것이다. 음식도 마찬가지다. 몸에 좋다고 하여 너무 많이 먹거나 아예 먹지 않는 것보다는 적당히 먹고 즐기는 것이 몸에 좋다.

중국의 유학에서도 '중용'을 강조한다. 분을 많이 바르면 너무 희고, 연지를 많이 칠하면 너무 빨갛다. 그런데 미녀가 되려면 적당히 화장을 어울리게 해야 한다. 겨울에 외투를 입으면 좋지만, 여름에는 철에 맞지 않아 좋지 않다. 그래서 성인은 때에 따라 알맞게 행동하는 사람이라고 하였다.

법 3장으로 민심을 얻은 유방

이것은 유방이 함양에 제일 먼저 입성하여 아주 강한 진나라 법을 3장으로 했을 때 백성들이 열렬히 환영했던 것에서도 알 수 있다. 유방은 함양에 제일 먼저 입성하는 사람이 왕이 된다는 말에 최대한 싸움을 하지 않는 방법을 통해 함양에 제일 먼저 입성한다.

반면에 그 당시 가장 강한 숙적 항우는 싸움을 하느라 지체하는 바람에 유방보다 늦게 함양에 입성하였다. 함양에 도착한 유방은 먼저 민심을 얻기 위해 법부터 뜯어 고쳐야 한다고 생각하였다. 법으로 강제 노동을 시킨 것도 그렇지만 유방이 가장 싫었던 것은 옥졸들이 거만하게 군다는 것이었다. 더욱이 국정을 비판하기만 해도 일가족까지 처형하고 잡담만 해도 목을 치는 것은 백성들이 참을 수 없는 악법이었다. 그래서 그는 사람들을 모아 놓고 다음과 같이 말했다.

"오늘 이렇게 유력자 여러분을 모이게 한 것은 다름이 아니라 관중에 맨 먼저 입성한 자가 왕이 된다는 희왕 마마의 약속 때문이오. 그래서 이젠 내가 관중의 왕이오. 나는 이때까지 사용해온 진나라의 법을 바꾸겠소. 법은 딱 3장으로 할 것이오. 하나, 사람을 죽인 자는 사형. 둘, 사람을 다치게 한 자는 처벌. 셋, 도둑질한 자는 처벌. 이 세 가지뿐이오."

이제까지 진나라 법에 시달려온 백성들은 환호성을 지르며 기뻐 날뛰었다. 그리고 유방에게 소, 양, 술 등 먹을 것을 헌상해왔다. 그러나 유방은 그것을 받지 않고 오히려 그것을 가지고 가서 가족들과 함께 먹도록 하였다. 유방의 인기는 단번에 치솟았다.

그동안 백성들이 얼마나 절대적이며 융통성 없는 법에 시달렸으면, 유방이 법을 3장으로만 한다고 했을 때 환호성을 지르고 만세를 불렀을까. 그것은 아무리 좋은 것도 틈이 있어야 하고 때로는 관용을 베풀어 탄력적으로 운영해야 한다는 것을 의미한다.

간음한 여자를 용서한 예수

예수도 유연한 사고를 강조한 사람이다. 예수가 감람산에 올라 밤을 보낸 다음 아침에 성전으로 들어오는데 여러 사람이 따라와서 도중에 길가에 앉아 가르쳤다. 이 소문을 듣고 바리새인과 서기관들이 손에 돌을 들고서 한 여인을 끌고 찾아왔다. 그 여인은 현장에서 간음하다가 들켜 헝클어진 옷매무새와 어지러운 머릿결을 가다듬을 틈도 없이 끌려왔다.

예수의 가르침을 받던 사람들이 모두 놀라 간음하던 여자와 끌고 온 사람들을 쳐다보았다. 분기탱천한 서기관 한사람이 예수에게 따졌다.

"선생, 이 여자가 간음하는 현장에서 잡혔소. 모세는 율법에 이런 여자는 돌로 치라 명하셨는데 선생은 어떻게 말하겠소?"

예수는 아무 대답도 하지 않고 몸을 굽혀 손가락으로 땅바닥에 무언가 적기 시작했다. 땅바닥에 적은 글을 보는 바리새인과 서기관들에게 예수는 일어나 "너희 중에 죄 없는 자가 돌로 치라."고 말하고 다시 몸을 굽혀 글을 쓰자 그들은 하나둘 돌을 내려놓고 슬그머니 빠져 나갔다.

헬라어 원문에는 '글을 썼다'가 '카타 그라펜'이라 나온다. 카타는 'according to, down, against' 등의 뜻이고 그라펜은 '글자나 그림'을 나타낸다. 카타 그라펜은 차례대로 글을 썼다는 뜻이 된다.

처음에 그는 땅바닥에 여인을 끌고 와 예수를 고발할 구실을 찾는 자들의 은밀한 일들을 차례로 적었을 것이다. 예수는 자신들의 죄가 적나라하게 땅바닥에 적히는 것을 보고 경악해 있던 돌든 사람들에게 "너희 중에 죄 없는 자가 돌로 치라."고 말했다.

다시 몸을 굽혔을 때는 땅바닥에 그들이 지은 죄에 대한 율법상 죄목과 심판의 내용을 적었다. 그 글을 읽은 사람들은 '양심의 가책'을 느껴 한 명씩 자리를 벗어났고 결국 예수와 여인만 남았다.

그 당시 유대인들은 이런 예수를 보고 율법을 파괴하려 한다고 비난하였다. 그러자 예수는 "나는 율법을 폐하러 온 게 아니라 율법을 완전케 하러 왔다."라고 하였다.

왜 예수는 간음한 여자를 용서하는 것이 율법을 완전하게 하는 것이라고 하였을까? 율법도 사람을 위해 있는 것인데 법으로만 다스리는 것은 법으로 사람을 잡는 꼴이 되기 때문이다. 법을 어겼다 하여 용서하지 않고 그 사람을 죽이기만 한다면 과연 그 법은 사람을 위해 있는 것일까?

죄를 지었다고 처벌만 하는 것은 능사가 아니다. 사람은 불완전한 존재여서 어쩔 수 없이 법을 어기거나 자신도 모르게 실수를 할 수 있다. 이런 경우를 모두 처벌한다면 과연 누가 살아남을 수 있겠는가. 간음한 사람의 눈을 빼라고 했을 때, 그 원칙을 그대로 지킨다면 눈이 제대로 붙어 있을 사람이 있겠는가.

그래서 예수는 비록 죄를 졌지만 때로는 용서하고 사랑으로 인도하는 것이 법을 완전하게 한다고 생각하였다. 예수가 안식일에 기적을 행하고 다닌 것도 법보다는 사랑으로 사람을 인도해야 함을 강조하기 위해서다.

유연한 곡선 사고를 하라는 손자

손자도 유연한 곡선 사고를 강조하는 사람이다. 그는 "궁지에 몰린 도둑을 쫓지 말라."고 하였다. 왜냐하면 도둑도 궁지에 몰리면 결사적으로 반격해 와 큰 피해를 입히기 때문이다. 그래서 손자는 "포위된 적에게는 도망갈 길을 열어주라."고 하였다. 살 길을 열어주면 결사적으로 반격하지는 않기 때문이다.

이것은 인간관계에서도 그대로 적용된다. 아무리 상대방에게 잘못이 있다고 해도 상대방이 설자리가 없을 정도로 기세등등하게 밀어붙이면 상대방은 자신의 잘못을 인정하기는커녕 상처 받은 자존심 때문에 맞고함을 칠 것이고 언젠가는 반드시 원한을 갚으리라는 마음을 먹게 된다.

잘못을 했으면서도 나무라는 사람에게 대드는 경우는 대부분 나무라는 사람이 상대방을 너무 궁지에 밀어붙인 상황에서 발생한다. 그래서 손자는 상대를 꾸짖더라도 도망갈 길만은 열어주라고 하였던 것이다.

논쟁을 할 때도 이 말은 그대로 적용된다. 치밀한 논리를 앞세워 상대를 밀어붙이는 것을 너무 좋아해서는 안 된다. 자신은 기분이 좋을지 모르지만 상대방은 이를 갈며 분해할 수 있다. 그래서 논쟁이 생겼을 때에는 상대방을 일방적으로 밀어붙이지 말고 우선 상대 의견에 귀를 기울이는 것이 중요하다. 그리고 상대의 체면을 손상시키지 않도록 도망갈 길을 열어주면서 주장해야 한다. 이것이 바로 손자가 즐겨 쓰는 유연한 곡선 사고이다.

손자 BC 6세기경

손자는 약 2천 5백 년 전, 춘추 전국 시대에 중국 남쪽에 있는 오나라에서 태어났다. 그는 뛰어난 전략가였을 뿐만 아니라, 중국 역사상 첫손에 꼽히는 병법가였다. 그는 오왕 합려 밑에서 8년 동안 장군으로 있었다. 중국은 헌원 황제가 나라를 세운 뒤부터 춘추 시대까지 2천 년 동안 수많은 전쟁을 치렀다. 손자는 그러한 전쟁 경험을 자료로 삼아 《손자병법》 13편을 완성시켰다. 이것은 중국 역사상 첫 번째의 완벽하고 체계적인 군사전략서이다.

손자의 병법은 유연한 사고방식으로 일관되어 있다. 첫째 그는 승산 없는 싸움은 하지 말라고 한다. 이길 수 없는 싸움은 처음부터 하지 말라는 것이다. 그리고 두 번째 원칙은 싸우지 않고 이기라고 한다. 그는 백 번 싸워 백 번 이겼다 해도 그것이 최선책이 아니라고 한다. 싸우지 않고 이기는 것이야말로 최선책이라는 것이다. 그리고 굳이 싸워야 하는 경우도 물처럼 유연하게 대처할 것을 강조하고 있다.

원칙주의자 칸트

그런데 세상에는 이런 유연한 사고를 가지지 않는 원칙주의자들이 있다. 독일의 철학자 칸트 같은 사람이 대표적인 인물이다. 그는 시계바늘처럼 규칙적인 생활을 했는데, 약속을 했으면 어떤 일이 있어도 무조건 지키라고 하였다. 만일 약속을 해놓고도 약속을 지키지 않는다면 그것은 약속을 한 것이 아니라 거짓말을 한 것이나 마찬가지다. 그래서 칸트는 약속을 했으면 무조건 지키라고 강변하였다.

그는 상대방을 위해 한 선의의 거짓말조차도 해서는 안 된다고 하였다. 거짓말은 어디까지나 거짓말이기 때문에 좋고 나쁘고를 떠나 해서는 안 된다는 것이다. 설령 친구가 자신을 죽이려는 암살자를 피해 우리 집에 왔어도 뒤따라 온 암살자에게 거짓말을 해서는 안 된다고 하였다. 칸트는 진실을 말하는 것이 친구에게 해롭다고 단정할 수 없기 때문에, 어떤 경우라도 선의의 거짓말을 해서는 안 된다고 하였다.

그러나 약속을 했다고 무조건 지키는 것이나 선의의 거짓말조차 해서는 안 된다고 주장하는 것은 어리석은 행동이다. 칸트는 도덕 법칙이 확립되기 위해 약속을 했으면 앞으로 다가 올 결과를 고려하지 않고 무조건 약속을 지키라고 했고, 어떤 경우라도 거짓말을 해서는 안 된다고 주장하였다.

그러나 그 약속이 상황을 잘못 파악하여 모두의 목숨을 앗아가는 약속이라면 그런 약속을 지켜야 할까? 또한 친구의 목숨을 구하기 위해 거짓말을 하는 것이 정말 잘못된 것일까? 목숨과 약속, 그리고 거짓말 중 무엇이 가장 소중한 것일까?

물론 약속을 지키는 것이나 거짓말을 하지 않는 것 역시 사회가 올바로 돌아가기 위해 중요하다. 하지만 그것들이 생명보다 더 소중할 수는 없다. 하나의 원칙에만 매달리는 것은 너무나 편협한 사고방식이다. 때로는 약속을 했어도 서로를 위하여 약속을 파기할 수도 있다. 상황은 끊임없이 변화하기 때문이다.

진정 지혜로운 사람은 변화에 융통성 있게 대처하는 사람이다. 반면에 어리석은 사람은 원칙에만 매달려 대세를 그르치는 사람이다.

TIPS

칸트 1724~1804

독일 계몽주의 철학자로 쾨니히스베르크에서 태어나 그곳에서 평생을 살았다. 시계처럼 규칙적인 생활을 한 것으로 유명하다. 대학에서 수학, 자연과학, 철학을 배웠다. 그는 쾨니히스베르크대학에서 철학뿐만 아니라 자연과학과 지리도 가르쳤다. 그는 평생 결혼하지 않았다. 말년에 사교를 즐겼다고 한다.

칸트의 철학을 우리는 흔히 비판철학이라 부른다. 이때 칸트의 '비판'은 사상이나 주의를 비판하기 위한 비판이 아니다. 그것은 인간의 이성 능력에 대한 비판이다. 이성 능력을 비판적으로 검토함으로써 인간의 지식의 확실성을 파악하는 것이다. 칸트는 이 비판을 통해 인간의 지식은 인간 경험이 아니라 인간 개념에 의해 확실해질 수 있다는 기초를 세운다. 인간이 지니고 있는 공통된 개념에 인간 지식의 타당성을 마련한다는 것이다.

개념들은 완전히 경험과 동시에 대상에 작용하여 인간의 지식으로 성립하는 것이다. 그러므로 인간 지식은 경험뿐만 아니라 인간 정신에 의해 만들어지는 것이다. 그래서 칸트는 경험과 개념을 앞세워 합리론과 경험론을 종합함으로써 과학적 지식뿐만 아니라 윤리적, 도덕적 지식의 확실한 토양을 정초하려고 했다.

칸트의 묘비에는 "저 하늘엔 별이, 우리 마음엔 도덕률이"라는 말이 새겨져 있다.

유연성을 강조한 맹자

반면에 맹자는 유연한 태도야말로 인생을 살아가는 기본자세라고 하였다. 세상은 다양하고 변화무쌍하여 하나의 원칙만 고수할 수 없기 때문에 상황에 따라서 얼마든지 약속을 지킬 수도 있고 안 지킬 수도 있다는 것이다.

"훌륭한 인물은 자신의 발언에 반드시 충실하지는 않다. 또한 시작한 일을 반드시 끝까지 해나가지도 않는다. 다만 의가 있는 바를 따르는 것이다."

맹자에게는 서로를 위해 바른 길을 가는 것이 중요하지, 약속이 중요한 것은 아니었다. 진정 서로를 위하는 일이라면 과감히 약속을 파기할 수도 거짓말을 할 수도 있다는 것이다. 즉 인간을 위한 것이라면 그 밖의 일은 임기응변으로 유연하게 대처해야 한다고 주장한다.

"관직에 나서는 것은 먹고살기 위해서가 아니다. 그러나 때로는 먹고살기 위해 관직에 나가는 경우도 있다. 아내를 맞이하는 것은 자신을 돌보기 위함은 아니다. 하지만 때로는 자신을 돌보기 위해 받아들여야 하는 경우도 있다."

TIPS

맹자 BC371?~289?

맹자는 전국 시대에 현재의 산동성에서 태어났다. 맹자에게는 '맹모삼천지교'라는 고사가 있다. 맹자의 어머니가 맹자를 공부시키기 위해 3번 이사했다는 것이다. 그는 공자의 손자인 자사의 문하에서 수학함으로써 공자와 인연을 맺게 되었다. 당시 대국인 제나라는 학자를 초빙하여 학문을 연구케 하였다. 맹자도 처음엔 이러한 탁월한 학자들 중의 한 사람이었다.

그러나 그는 각국을 순방하여 국왕에게 자신의 이상을 실천해보려고 하였다. 힘의 원리가 지배하는 삭막한 현실적 토양에서 공자와 같이 덕으로써 다스려지는 세상을 왕도정치로서 실현해보려고 하였던 것이다. 그러나 그러한 노력은 허사로 그치고 말년에는 은퇴하여 제자들과 함께 《맹자》 7편을 지었다.

그는 공자의 사상을 성선설적으로 해석하여 덕치주의를 확립하고 유학적 전통을 수립하였다. 그래서 그는 공자에 버금가는 성인으로 추앙받고 있다.

지금까지 위대해지려는 본능에 충실한 삶에 대해 알아보았다. 삶의 목적에 충실하고, 어떤 어려움이 와도 자신감과 용기로 그것을 뛰어넘어야 하며, 인내로 역경을 이겨내야 위대한 인간으로 탄생할 수 있다는 것을 보았다.

또한 교만하지 않고 겸손해야 하며 원한을 쌓지 않고 사람의 장점을 살릴 수 있게 할 때 큰 사람이 될 수 있다고 하였다. 마지막으로 세상을 권모술수로만 살 것이 아니라 덕으로 살 때 가장 위대한 인간으로 탄생할 수 있다고 공부하였다.

욕망이 지나치면 불행해진다

그러나 위대해지려는 욕망 또한 너무 지나치면 불행해지는 법이다. 사람들 중에는 이 위대해지려는 욕망을 만족시키기 위해 때로는 부조리와 타협하고 다른 사람을 해하는 이들이 있다. 그러나 지금과 같은 민주주의 사회에서 이러한 행동은 곧 탄로가 나 불행을 자초하게 된다. 위대한 욕망이 행복으로 이어지기 위해서는 덕이 모든 것의 기본이라는 사실을 망각해서는 안 된다.

또한 인간은 어느 선에서 만족할 줄을 알아야 한다. 아무리 사람이 위대해지려는 본능을 가지고 있어도 자신의 한계를 분명히 알아야 한다. 인간은 누구나 한계가 있다. 능력 면에서도 한계가 있지만 누구도 나이와 죽음을 초극할 수는 없는 노릇이다.

그래서 노자는 만족에 대해 이렇게 강조한다.

"너무나 사랑하면 반드시 정열을 탕진하며, 많이 가지면 반드시 크게 잃게 된다. 그렇기에 만족할 줄 알면 수치스럽지 않고 멈출 곳을 알면 위험하지 않다."

그러나 인간 본능은 한 번 자극을 받으면 쉽사리 만족할 줄 모르고 무한히 영역을 확장하려고 한다. 진시황처럼 죽지 않고 영원히 자신의 왕국을 다스리려고 하는 것이다. 하지만 인간은 죽음 앞에 평등하다. 아무리 가진 것이 많아도 가진 것을 갖고 저승으로 갈 수는 없는 노릇이다. 삼국지는 이런 상황을 다음과 같이 묘사하고 있다.

"장강이 도도히 흐르고 있었다. 동녘으로 가는 물 위에 거품처럼 일어났다 사라지는 영웅의 모습들. 이름이 있든 없든 간에 모두가 허황되기 짝이 없었다."

그런데 사람들은 이런 사실을 망각하고 집착하는 버릇이 있다. 앞서 살펴보았던 뒷간의 쥐와 창고의 쥐를 보고 진나라에 가 재상이 된 이사를 보자.

진시황이 죽자 천하의 간신 환관 조고가 진시황이 죽었다는 사실을 숨긴 채 첫째 아들을 제거한 뒤 둘째 호해를 황제에 옹립하고 권력을 농락하였다. 이사는 권력을 농락하고 있는 조고를 더 이상 두고 볼 수 없었다. 그 당시 진나라에서는 폭정에 항거하여 전국 각지에서 반란이 물밀 듯이 일어나고 있었다.

그런데도 황제는 조고의 농간에 빠져 술과 여자로 세월을 낚고 있었다. 황제를 만나려고 해도 만날 수가 없자, 이사는 초조하였다. 그는 진 제국이 시황제와 더불어 자기가 만들어낸 것이라는 자부심이 있었고 그것을 지금 붕괴시키고 싶지 않았다. 그래서 그는 어떻게든 황제를 만나 나라를 바로잡으려고 하였다.

그러나 환관 조고는 이사가 황제를 만날 수 없게 농간을 부렸다. 그리고 자신의 권력을 공고히 하기 위해 이사를 제거하기로 마음먹었다. 조고는 문서를 조작하여 이사가 모반을 꾀한다는 누명을 덮어 씌웠고 자백을 받기 위해 이사에게 갖은 고문을 다 하였다. 이사는 찢겨진 몸으로 항거하였다.

"법치 국가를 만들고 도량형을 통일했으며, 문물제도를 천하에 널리 폈다. 형벌을 완화하고 과세를 가볍게 하도록 진언한 것도 다 만민이 황제를 흠모하고 진나라가 만세까지 번영하도록 하기 위한 것이었다. 그런 내가 왜 모반을 꾸미겠나?"

그러나 항거해도 소용없었다. 이사는 마침내 요참형으로 처형되고 일족 모두 죽임을 당하고 말았다.

이사는 자신이 원하는 목적을 얻었음에도 불구하고 말년이 좋지 않았다. 그가 끝까지 자신이 세운 진나라에 집착했기 때문이다. 우리는 만족할 줄 알고 떠날 때를 항상 준비해야 행복한 인간이 될 수 있다.

위대한 본능에 충실하다고 하여 무조건 행복한 인간이 되는 것은 아니다. 스스로의 한계를 인정하고 어느 선에서는 만족할 줄도 알아야 한다. 그리고 더 나아가 자신의 욕망을 꺾을 수 있어야 진정한 인생의 주인이 될 수 있다.

실패해도 다시 일어서면 그것이 성공이다

범여는 우리에게 이러한 지혜의 중요성을 일깨워준다. 범여는 '와신상담'의 주인공인 월나라 왕 구천을 도와 오나라의 부차를 멸망시키는 데 결정적인 역할을 한 일등공신이다. 그는 그 공적으로 대장군이라는 최고의 지위에 오르게 된다. 그러나 얼마 지나지 않아 범여는 사의를 표명한다. 그 이유는 거만한 군주 밑에 있는 것이 위험하다고 생각했기 때문이다. 월나라 왕인 구천은 범여의 뜻도 모르고 필사적으로 사표를 반려했지만 범여는 이를 거들떠보지도 않고 제나라로 떠나고 만다.

제나라로 이주한 범여는 그곳에서 사업을 시작한다. 그리하여 엄청난 부를 축적한다. 제나라에서도 그 능력을 인정하여 그를 재상에 취임하도록 간청한다. 그러나 그는 제나라의 초대를 고사한 후에 재산을 마을 사람들에게 나누어 주고 몰래 제나라를 떠나 도라는 곳으로 이주한다. 제나라를 떠나면서 그는 다음과 같이 말했다.

"들에서는 천금의 부를 축적하고, 나아가서는 재상 자리에 올랐다. 보잘것없는 신분으로 이 이상의 영달은 있을 수 없다. 그렇지만 영예가 오래 계속되는 것은 화를 부른다."

범여는 세상을 꿰뚫어 보는 눈이 있었다. 그래서 세상에서 얻을 수 있는 것을 다 얻었으면서도 그것으로 인해 발생하는 불행을 미연에 방지 할 수 있었다. 범여처럼 세상에 위대한 본능에 충실히 따르면서도 그것을 미련 없이 버릴 수 있을 때 세상에서 가장 현명하고 행복한 사람이 될 수 있다.

《채근담》에서는 성공에 집착하지 말 것을 다음과 같이 말하고 있다.

"세상을 살아감에 있어서 반드시 성공하기만을 바라지 마라. 실패하더라도 다시 일어서면 그게 바로 성공이다."

도전하는 청소년을 위한

꿈꾸는 천재

초판 1쇄 발행 | 2009년 8월 14일

지은이 | 황상규
펴낸이 | 이종록
만들고 파는이 | 임홍수, 이지혜, 박선정
디자인 | 엔드디자인

펴낸곳 | 스마트비즈니스
출판등록 | 2005년 6월 18일(제313-2005-00129호)
주소 | 121-250 서울시 마포구 성산동 293-1 2층
전화 | 02)336-1254
팩스 | 02)336-1257
이메일 | smartbiz@sbpub.net

ISBN 978-89-92124-62-1 03810

값 10,000원

*파손된 책은 구입처에서 바꿔 드립니다.